新 潮 文 庫

血 に 非 ず

新・古着屋総兵衛 第一巻

佐 伯 泰 英 著

目次

血に非ず

新・古着屋総兵衛 第一巻

第一章 跡継ぎ

一

江戸富沢町《とみざわちょう》を陰鬱《いんうつ》な黒雲が覆《おお》っていた。

いや、赫々《かっかく》たる陽光は江戸八百八町を照らし付けていた。にも拘《かかわ》らず富沢町界隈《かいわい》の空気はどんよりと淀《よど》んだようで、運気が衰退しているのが分かった。

享和《きょうわ》二年（一八〇二）晩夏のことだ。

当然、人の往来も少なかった。

富沢町の古着問屋大黒屋《だいこくや》の九代目当主総兵衛《そうべえ》勝典《かつのり》が胸の病を患《わずら》い、死の床にあった。

夜具の裾《すそ》に一匹の黒猫が寄り添うようにひっそりと寝ていた。

勝典は三十六歳、働き盛りの年齢であった。

春先に勝典は風邪を患い、なかなか治癒しなかった。

微熱がいつまでも続き、大黒屋では主治医を漢方医の村澤俊石《むらさわしゅんせき》から将軍家の奥医師にして蘭医桂川甫周国瑞《ほしゅうくにあきら》に変えた。それがつい最近のことで、甫周が初めて診察した結果、ただの風邪ではなく、労咳《ろうがい》（肺結核）、それもかなり進行したものであることが判明した。

大黒屋では大番頭の光蔵《みつぞう》が甫周を別室に呼んで、

「桂川先生、総兵衛の風邪、だいぶこじらせました。完治するのにはだいぶ日にちがかかりましょうな」

と案じ顔で尋ねた。

「大番頭どの、私の診断が間違いであることを祈ります。忌憚《きたん》なく申し上げると主《あるじ》どのの病は重篤《じゅうとく》です」

医家の家系として有名な桂川家の四代目、桂川甫周国瑞は、

「天性穎敏《えいびん》にして逸群の才」

という誉れ高い人物であった。

「重篤ですと、まさか死の病ではございますまいな」

小さく首肯した甫周が、

「短くて三月、長くて半年と診断致しました」

「甫周先生、金子に糸目はつけませぬ。異国の薬でもなんでも長崎から取り寄せて病を治して下され。このとおりお願い申します」

と狼狽《ろうばい》した光蔵が甫周の前の畳に額を擦《こす》り付けた。

「大番頭さん、お頭《つむ》をお上げ下さい。それでは話ができ兼ねます」

身を震わせる光蔵がようやく広く禿《はげ》あがった額の顔を上げたとき、甫周は富沢町の謂《いわ》れにもなった古着問屋大黒屋はこのところ不運続きということを思い出した。

なんでも一年前の秋、琉球《りゅうきゅう》から荷を積んだ大黒屋の持ち船二隻《せき》が嵐《あらし》に遭遇して、行方を絶ち、莫大《ばくだい》な損害を蒙《こうむ》ったということや、十一歳になった嫡男《ちゃくなん》の幸《こう》之輔《のすけ》が流行《はや》り病《やまい》でなくなったことや、ために内儀の由紀乃が精神を患い、実家に戻ったというようなことをだ。そして、主の総兵衛までが病の床に伏していた。

光蔵は甫周の答えを聞いて、総兵衛が身罷《みまか》った場合、跡継ぎがいないことに改めて気付かされ、背筋に悪寒《おかん》が走った。

大黒屋はただの古着商ではない。

初代の鳶沢《とびさわ》総兵衛が家康との約定により得た権利が古着商の鑑札であった。江戸時代、古着商は新物の呉服商や太物問屋に肩を並べるか、それ以上の商い高だった。新物を購《あがな》う家屋敷ばかりではなかった。何季か着た袷《あわせ》や綿入れをほぐして洗い張りにしてまた仕立て直す、江戸では当然のことであった。また金子に困った長屋の住人が質入れして流れた単衣《ひとえ》や袷や綿入れが何百軒と集まる富沢町や柳原土手に流れ、商品として流通することも普通であった。また京の呉服商で染められた新物が時期をはずして古着屋の店頭に回ることもあった。

この巨大な古着市場を幕府は監督して、鑑札を与えた。

古着には時に犯罪に絡《から》んで古着商の手元に流れてくる物もあった。古着には人間の汗が染《し》みた分、よからぬ情報もついて回った。

この古着商を統括してきたのが代々の大黒屋総兵衛であった。

「番頭どの、主どのに会わせておく人がいるなれば、お呼びになることです」

「先生、三月の命、せめて一年に伸ばすことはできませぬか」

「私ができうる治療は行います。じゃが、これだけ進行した病です。この秋を乗り切ることができるかどうか」

光蔵は桂川甫周を見送り、動転する気持ちを鎮《しず》め、考えを纏《まと》めた上で数通の書状を認《したた》め始めた。

翌日のことだ。大黒屋江戸店の一番番頭信一郎、二番番頭参次郎、三番番頭雄三郎、四番番頭の重吉の四人を主の病間の真下、地下の大広間に呼んだ。

大黒屋は二十五間（約四五メートル）四方の拝領地にぐるりと総二階の店と蔵が取り巻き、どこからも庭は見えなかった。

庭の真ん中に向って勝典が病に伏す離れ屋が突き出し、その真下に大黒屋の莫大な資力と鳶沢一族の叡智《えいち》を結集し、長きにわたって造営された地下城があった。

この地下城は離れ屋からも内蔵からも通ずる秘密の階段があって、さらに店の前を流れる入堀に架かる栄橋下の石垣の一部から地下城の船隠しに船を乗り入れることもできた。

このような内緒普請《ぶしん》は大黒屋が幕府開闢《かいびゃく》以来、江戸の町造りに協力してきたからこそ出来た荒業であった。そして、それを遂行させたのは家康の鳶沢一族への絶大の信頼であった。

また大黒屋を囲んで何百軒と集まる古着屋の要所要所には大黒屋一族の出店があって、地下道で出入り口が確保されていた。

道場と見まごう板の間に高床があって二体の木像が飾られてあった。一つは初代鳶沢総兵衛成元《なるもと》であり、もう一体は大黒屋の中興の祖と呼ばれる六代目総兵衛勝頼《かつより》であった。

五人は神棚と二体の坐像《ざぞう》に拝礼をして向き合った。

この大広間に集うとき、大黒屋の奉公人はその表の貌《かお》を忘れて初代の鳶沢総兵衛成元以来の武人鳶沢一族へと姿を変えた。

徳川家康の江戸城造営と城下町造りは、江戸湾の奥の一寒村を大きく変えることになった。巨大な壺《つぼ》の底のような浜辺とそれに続く葦原《あしはら》を埋め立て、隅田川を大動脈にして江戸八百八町の基礎がなった。

その江戸建設が始まったとき、家康は夜盗や盗賊の群れに悩まされた。

天下を統一した豊臣秀吉が朝鮮への侵略戦争の最中、

「つゆとをちつゆときへにし　わかみかな　なにわの事も　ゆめの又ゆめ」

の辞世を残して死んでから五年、天下分け目の合戦関ヶ原で西軍総崩れに終わって三年、江戸幕府が始まると同時に江戸城と城下造りが始まったのだ。

仕官と禄《ろく》を求めて、腕に覚えの武芸者、浪人者が押しかけ、城造りに呼ばれた大工、左官、石工などが集まり、はたまた日銭を稼ぐ男たちの懐《ふところ》を狙《ねら》って身を売る女たちが江戸に入り込んだ。

未《いま》だ城下町の体《てい》をなさぬ江戸の朝、あちらにもこちらにも夜盗の類《たぐい》に襲われた骸《むくろ》が転がっていた。

家康は江戸の闇《やみ》に巣食う夜盗の中でも強力にして果敢な一族を率いる鳶沢成元だけに狙いをつけて捕縛し、

「成元、この十日の内にそなたの仲間を根絶やしにせえ」

と命を助ける代わりに江戸の夜の治安を回復せよと命じた。

成元は家康に向かい、

「家康どの、それがしの命の代償、なんでございますな」

とふてぶてしくも反問した。

「首を繋《つな》げてやろうか」

「命なぞはその時々の風の吹き具合でございましてな、前髪のままに戦場《いくさば》で散る若武者もいれば、百歳まで生き抜く翁《おきな》もおる。すべてこれ天が授けた寿命にございますよ、なんのことがありましょうや」

「成元、江戸城の鬼門艮《うしとら》の方角一里以内に六百余坪の領地を与える」

「家康どの、成元の首の値にしては小そうございますな」

ふっふっふ
と含み笑いした家康が、

「成元、江戸の町造りが完成した暁には、そなたに古着売買の権利を許す。夜盗に落ちた鳶沢成元には過分の約定とは思わぬか」

うっふっふ
と笑い返した成元が、

「家康様、十日以内にございますな。必ずや夜盗の頭分らを家康様の前に引き立て、恭順を誓わせまする」

「そなたの意に従わぬ者おらばどうするな」

「そやつの素っ首をこの場にずらりと並べてご覧に入れまする」

「手並みをみようか」

成元は見事家康との約定を果たした。その結果、鳶沢一族が千代田城の鬼門、入堀に面した二十五間四方を頂戴《ちょうだい》し、古着商の町の鳶沢町の中核が形成された。

また家康と成元の間に新たなる約定がなった。

表の貌は、

「古着問屋大黒屋主人総兵衛」

つまり商人たること、同時に裏の貌は、

「鳶沢一族を率いる隠れ旗本鳶沢成元」

たること。その証《あかし》として家康直筆の書付と徳川家所縁《ゆかり》の名刀、

「三池典太光世《みいけでんたみつよ》」

が授けられた。

成元は家康との約定を遂行するために家康にも極秘にして鳶沢町の拝領地の

地下に城を築き上げたのだ。

徳川家康は元和《げんな》二年（一六一六）四月十七日、隠遁《いんとん》の地駿府《すんぷ》で亡《な》くなった。その棺《ひつぎ》の周囲を固めたのは海老茶《えびちゃ》の戦《いくさ》仕度の鳶沢一族であった。最初の埋葬の地久能山《くのうざん》の霊廟《れいびょう》に同道した一族は、すでに久能山の背後に隠れ里鳶沢村を頂戴していた。徳川幕府の聖地を護《まも》り続けるためだ。これを機会に江戸の古着商が集まる鳶沢町は富沢町と名を変えた。

かくて鳶沢一族の代々の頭領大黒屋総兵衛が、影の集団の隠れ旗本を率いて活動を続けて二百年を迎えようとしていた。

この間に九代の総兵衛が受け継いできたが、六代目総兵衛勝頼の時代を頂点に鳶沢一族と古着問屋大黒屋の緩やかな衰退が始まっていた。

そして、直系の跡継ぎがないまま九代目総兵衛勝典は、蘭医桂川甫周によって死の宣告を受けていた。

「信一郎、参次郎、雄三郎、重吉、わが鳶沢一族に難儀が又々襲いかかりました」

「商いにございますか」

と参次郎が聞いた。

「いや、総兵衛様の容態です。風邪などではなく重篤な肺病じゃそうな。桂川甫周先生の診立てでは、ご余命は短くて三月、長くて半年じゃそうな」

重吉が悲鳴を上げた。

「これ、重吉、落ち着きなされ」

大広間に入った光蔵は鳶沢一族の長老としての威厳を取り戻していた。

「まず重吉、今日の内に駿府鳶沢村に走りなされ。分家の長老安左衛門様に宛《あ》てた手紙は用意してある」

「畏《かしこ》まりました」

「参次郎、そなたには琉球に使いを命じます。一日だけ船仕度の猶予を許します。一気に琉球に走り、琉球首里店の総支配人の仲蔵《なかぞう》どのに書状を渡して下され」

「畏まりました」

仲蔵は一番番頭信一郎の実父であった。

「大番頭さん、仲蔵が江戸に帰着するには風具合によりますが、早くてひと月はかかりましょう」

と信一郎が言い、光蔵が頷《うなず》いた。

「私どもの前に立ちふさがる難題は、鳶沢一族九代目にして直系の血筋が途絶えるかもしれないという一事です。そなた方の考えを聞きましょうかな」

「十代目たるべき幸之輔様が身罷られたことが大きゅうございます」

「雄三郎、死んだ子の齢《とし》を数えてなんとする」

「大番頭さん、要らざる言葉を申しました」

「これまで鳶沢一族九代は御血筋、直系の男子によって継承されてきました。じゃが、総兵衛勝典様には娘御もおられぬ」

「大番頭さん、何年か前に勝典様に愛妾《あいしょう》の話が出ましたな。あれは内儀様の反対でなし崩しに途絶えましたが、あの折、側室を得ておれば、ああっ、これも死んだ子の齢を数える類の話にございましたか」

と雄三郎が狼狽した。

「あの折には幸之輔様が元気であった。ゆえにわれらも真剣に側室をもうけることを考えなんだ」

光蔵が後悔の言葉をもらし、信一郎を見た。

「そなた、勝典様と齢が近い上に、気がよう合うた。若い時代には、商い船に乗り、琉球から上海《シャンハイ》なんぞに行かれましたな」

「大番頭さん、勝典様にどこぞに隠し子がとのお尋ねなれば、私が知りうるかぎりそのような女も隠し子もおられません」

「その線に望みを託したのですが消えましたか」

光蔵ががっくりと肩を落とした。

「大番頭さん」

と一番若い重吉が言い出した。

「なんですね」

「私が鳶沢村から富沢町に奉公に上がった時分のことにございます」

「十七、八年ほど前の話ですな」

「奥向きのお女中でお香様と申されるお方がおられました。たしか、先代の勘気に触れて、奉公を解かれたとか」

「あのことですか」

と光蔵は遠くを見るような目付きをした。

「私は存じません」

と雄三郎がいい、参次郎も首を捻《ひね》った。

「参次郎さん、そなたはその頃、琉球店におられた。雄三郎さん、おまえさんは船に乗って仕入れを担当されていたのではございませんか」

「いかにもさようでした」

「信一郎、そなたは承知ですな」

「ええ」

と一番番頭が短く答えた。

「先代の命で後始末に携わりました」

「お香が行方、今も承知か」

「はい」

光蔵が頷くと、

「当時、お店の中に流れた噂《うわさ》は真《まこと》のことでしたか」

「はい」

「お香は勝典様の胤《たね》を宿しておったのですな」

「いかにも」

「子は男子《おのこ》か女子《おなご》か」

「男にございまして、お香さんがお産をなした直後に他家に貰《もら》われていきました。名は勝豊《かつとよ》と名付けられた筈《はず》です」

「ただ今元気なれば十七か」

信一郎が首肯した。一番番頭の返答は短く、明確だった。

「そなた、勝豊様がどちらにおられるか承知じゃな」

「およそのところは。ですが、勝豊様に会うには母親のお香さんの許しが要りまする。これはお香さんが先代に強く望んだ結果にございます」

「いささか厄介じゃな」

と光蔵が漏らし、続けて、
ふうっ
と解決の糸口が見えたのに、また難題かという表情で吐息を漏らした。

「してお香はどうしておる」

「今から三年ほど前、江戸府内のさるところで女郎屋の女主《あるじ》に収まっております。付き合う相手がやくざ渡世と荷揚げ人足の口入稼業《かぎょう》の二足の草鞋《わらじ》を履く男、横川筋の安房屋宣蔵《あわやせんぞう》にございまして、その線からお香さんが女郎屋の女主になったようにございます」

「吉原ではございませんな」

「官許の吉原は廓外《くるわ》の人間がそうそう入り込める場所ではございません」

大黒屋一筋にお店《たな》奉公を務めてきた光蔵がうんうんと頷き、

「信一郎、そなた、お香に会い、勝豊様に会う許しを得て下され。勝豊様に会う折は、私も同席します」

と言い切った。

「承知しました」

と信一郎が短く答えた。

「鳶沢一族存続の危機、大黒屋の正念場です。なんとしても切り抜けねば鳶沢成元様、六代目勝頼様に申しわけが立たぬ」

と光蔵が呟《つぶや》き、
くるり
と身を高床の見所に向き直った。

五人は二つの坐像《ざぞう》に向き合った。

初代成元は家康との約定により古着商を束ねる権利を与えられ、鳶沢一族として存続を許される代わりに徳川家の隠れ旗本として影働きする密約をなした功績者だ。

六代目勝頼は、古着を江戸府内に止《とど》まらず諸国に流通させる広域な船商いを完成させ、さらに京、大坂など上方ばかりか琉球にも店を出し、仕入れ先を多彩にして商売の規模を広げた。その商いを自前で行うために大海原を乗り切る大船を建造し、異国の交趾《こうち》（現在のベトナム）などにまで交易の拠点を広げた人物であった。

このように六代目勝頼は、初代に劣らぬ大商人であり、五代将軍綱吉の時代、鳶沢一族を率いて柳沢吉保《やなぎさわよしやす》を向こうに回して一歩も譲らず戦った武人であった。

勝頼の海外雄飛は、当然幕府の海外渡航や交流を禁じた定法に抵触した。だが、勝頼は強力な指導力と行動力と戦闘力で幕府の弾圧を跳ね返してきた。

その勝頼が享保十七年（一七三二）二月十四日に身罷《みまか》った後、大黒屋に幕府の手がしばしば入るようになった。そして、そのたびに大黒屋の力は削《そ》がれていき、衰弱の一途を辿《たど》ってきた。

だが、そのような最中にあっても大黒屋の、鳶沢一族の血筋が絶えることはなかった。

光蔵は成元と勝頼に胸の中で、

「なんとか鳶沢総兵衛の血筋を絶やさんで下され」

と願い、再び四人の番頭に向き合うと、

「勝典様の命の炎が燃え尽きる時との勝負です、願いましたぞ」

と改めて命の遂行を願った。

二

蘭医桂川甫周は大黒屋を三日にあげずに訪れ、蘭医の知識と体験を駆使してあらゆる治療を施していた。そのお蔭《かげ》で勝典の命はなんとか持ち堪《こた》えていた。

一番番頭信一郎はその日の夕暮れ、手代の田之助を船頭に大黒屋の船着場を離れると川口橋を潜《くぐ》って大川に出た。下流に永代橋が望めた。

手足が長い田之助は早走りと呼ばれ、江戸と駿府鳶沢村の間を四昼夜で往来した。

信一郎のなりは、古着問屋の番頭というより遊びに慣れた大店《おおだな》の主風で、渋い路考茶《ろこうちゃ》の袷《あわせ》に羽織を重ねていた。

「一番番頭さん、どちらに参られますか」

猪牙舟《ちょきぶね》に乗りこんだ信一郎は、田之助に短く大川へと命じただけだった。

「越中島《えっちゅうじま》の堀に入り、櫓下《やぐらした》に舟を回して下され」

「櫓下にございますか」

「手代さん、ご存じないか」

と信一郎にじろりと鋭い眼光で睨《にら》まれた田之助は、

「いえ、承知しております」

と慌《あわ》てて答えた。

琉球生まれの信一郎は、英吉利国《イギリス》で造られた決闘用の拳銃《けんじゅう》二丁を使いこなすという噂が流れていた。

だが、大黒屋江戸店に鳶沢村から奉公に出た田之助は、これまで一番番頭にまつわる噂の真偽を確かめる機会がなかった。

それでも信一郎が地下道場で時折見せる六代目総兵衛の秘技を想起もさせる祖伝夢想流は、幽玄にして残酷なほどの恐怖を秘めていた。

ゆえに信一郎には、

「六代目仕込み」

の異名があった。

むろん信一郎は存命中の六代目総兵衛勝頼に出会ったことはない。

勝頼の死の三十数年後に琉球で生まれた信一郎だ。だが、長命であった祖父の信之助が勝頼の人柄と祖伝夢想流の技前をとくと承知で、物心ついた時から琉球の武術と同時に総兵衛勝頼仕込みの技を叩《たた》き込まれていた。むろん素手で戦うことを前提とした琉球武術の達人でもあった。

田之助は、猪牙舟を越中島の堀に入れ、武家方一手橋を潜ってすぐに左折し、蛤町《はまぐりちょう》の堀に出ると深川を縦横に走る堀伝いに永代寺門前山本町の火の見櫓の石垣下に舟を着けた。

「半刻（一時間）ほど待って貰います」

　と言い残した信一郎が石段を上がりかけ、

「櫓下の女郎屋角一楼《かどいちろう》にいます」

　と行き先を伝えた。

「承知しました」

　と答えた田之助は、

（遊びではないことは確かだぞ）

　と思いながら一番番頭のがっちりとした背を見送った。

　薄紅の灯りが格子窓《こうしまど》の向こうから漏れていた。

　幕府が黙許する深川の岡場所の一つ、通称櫓下だ。十数軒が競う女郎屋の中でもお香が女将《おかみ》の角一楼は、角店で間口も広く、抱えも美形が多いと評判だった。

「ご免なさいよ」

「へえ、いらっしゃい」

信一郎が格子窓の中には見向きもせずに玄関の暖簾《のれん》を分けると若い声が揉手《もみで》で迎え、値踏みするように信一郎のなりと持ち物を頭から爪先《つまさき》まで見た。そして、

「へっへっへ」

と愛想笑いをした。

「初めてのお客様にございますな。まだ宵の口、若いのから床上手まで揃《そろ》っておりますよ」

「男衆《おとこし》、客ではございません。女将さんにちょいとお取次ぎを」

「なんだい、客じゃねえのか。愛想して損したぜ。なんの用だい」

男衆はがらりと態度を変えた。楼の男衆というよりやくざの口調に豹変《ひょうへん》していた。

「お会いして申し上げます」

「なんだと、初めての客の用件はこの伊神《いがみ》の龍太《りゅうた》が聞かなきゃ、この角一楼の玄関関所は何人《なんぴと》たりとも通れないんだよ」

と袖《そで》まくりしてみせた。すると肘《ひじ》の下に伝馬町《てんまちょう》の牢《ろう》に据わった証《あかし》の二筋の入

墨が見えた。

「それは困りましたな。折角の儲《もう》け話、ご損をなさいました」

信一郎がくるりと踵《きびす》を返した。すると奥から様子を窺《うかが》っていた女の声が響いて、

「ちょいと龍太、お上げして」

と命じた。

信一郎はお香の声だと思った。

「へえ、いいんですかい。旦那《だんな》の留守にさ」

「余計なご託を並べるんじゃないよ」

女郎屋の女将が板についた感じのお香が応じたとき、信一郎は玄関土間の端に草履を並べて脱ぎ、板の間に上がっていた。

「おめえさん、うちを承知か」

「このようなところはどこも造りが同じにございますよ」

吉原に似せた大階段の裏に回ると台所に通じる廊下があってお定まりの神棚に大きな熊手《くまで》が飾られ、その前の長火鉢に十数年ぶりに顔を合わせるお香がど

つかと座っていた。長煙管《ながぎせる》で煙草《たばこ》を吸っていたお香が、

「おやおや、めずらしい人のご入来だよ」

信一郎は帳場に入るとぴたりと正座して、

「お香さん、お久しぶりにございます」

と挨拶《あいさつ》した。

「ばか丁寧なところは変わりないね、一番番頭に出世ですって」

というお香の言葉は大黒屋に未《ま》だ関心を見せていることを示していた。

信一郎が知るお香は十七歳の娘で痛々しいほどの細身であった。

どうやら華奢《きゃしゃ》な娘々した体付きと愛らしい顔に惚《ほ》れた勝典が手をつけたものらしい。

だが、八代目の総兵衛は、お香の愛らしい顔の陰に潜む性悪な根性を見抜いて、勝典との仲を強引に裂いたのだ。そのためには法外な金子がお香の実家に払われ、生まれた子が男ならお香の手を離れて他家に養子に出す約定がなされていた。

八代目総兵衛に従い、下働きに飛び回ったのが手代の信一郎だった。

対面するお香は女盛り、でっぷりと太って貫禄《かんろく》が備わっていた。

「旦那は床に就いているんですってね」

「ようご存じにございますね」

「そりゃ、生木を裂かれるように追《お》ん出されたお店のことですよ。未だ恨みつらみはこの体に残っていますよ」

「そのことはそれなりの金子で解決がついていると思いましたがね」

「そんな大黒屋の一番番頭さんがまたなんの用事だえ」

お香の言葉が伝法に変わった。

「勝豊様に会うお許しを得たいと参上しました」

信一郎は単刀直入に要件を述べた。

「今さら勝豊になんの用だい」

「それは勝豊様にお会いして直《じか》に申し上げます」

「腹を痛めた子はどこにいようとわが子だよ」

「お香様のお許し頂きとうございます。お許し料持参致しました」

懐《ふところ》から袱紗《ふくさ》包みを出して自らの膝《ひざ》の上に置いた。それを見たお香が猫板に丸まっていた猫を長煙管の先で突いてどかすと、よく磨き込んだ長火鉢の縁《へり》をこつこつと叩いた。

「未だ許しを得ておりませんでな」

「大黒屋の主《あるじ》どのは死の床にあって、先ごろ跡取りが流行《はや》り病《やまい》で亡《な》くなったそうな。その大黒屋の一番番頭が百両持参でお香に会いにきた。いやさ、わが子勝豊に会わせてくれと頼みにきた。その背後にどんな企てが隠されているのやら」

「女将さん、これはただ今の大黒屋の苦境に目を瞑《つぶ》るという金子にございますよ。詮索《せんさく》が過ぎるとこの話、ご破算になります」

「大黒屋には逆らうな、表の貌《かお》は商人、裏の貌は」

「おっとそのことを口になさるのは大黒屋に勤めた奉公人ならご法度《はっと》と承知の筈《はず》だ」

「口を噤《つぐ》むお代が百両かえ、いささか安いねえ」

「大黒屋相手の駆け引きはなしにして貰《もら》いましょうか」

「おまえさん、勝豊がどこにいるか承知なんだね」

はい、とだけ信一郎は答えた。

「さすがに大黒屋だ。こっちの様子を調べ上げての掛け合いだよ。勝豊は大事なわが子、このお店の跡取りですよ」

信一郎は迂《う》闊《かつ》を悔いた。どうやらこの数年、お香と勝豊の身辺に探りを入れてない間に親子は連絡を取り合っていたようだと今の言葉で悟った。

「勝豊は、百姓家の跡取りなんて嫌だというのさ。どこでどう調べたか、うちに訪ねてきてね」

「お香さん、勝豊様はそなたの子ではない、縁を切るのが約束でしたな」

「向こうから会いに来たんだ、致し方ないよ」

「となるとこの百両、支払うことはございませんな」

とお香は居直った。

「約束に反したというのかえ」

お香の顔の表情が変わった。なにか必死で思いを巡らせている感じだった。

「一番番頭さん、おまえさん、勝豊の居所を知らないね」

「残念ながら知りません。ですが、大黒屋が総力を上げればどこにいようと探し出してご覧にいれます」

と信一郎は正直に答え、最後に釘《くぎ》を刺した。信一郎の毅然《きぜん》とした態度に、よし、とお香が返答した。

「私と勝豊が会ったのが約定違反というなら認めようじゃないか、だが母子の絆《きずな》はそうそう断ち切れるもんじゃないよ。先代も亡くなったことだ、どこに勝豊がいるか教えようじゃないか。そのお代として百両、高くはあるまい。大番頭だって承知するよ」

「考えましたな」

信一郎は長火鉢の猫板の上に袱紗をそっと置いた。が、手を退《ど》けたわけではなかった。

「大黒屋の一番番頭に出世する男はなかなか慎重だね」

と長煙管の雁首《がんくび》を信一郎の手に乗せたお香が、

「南品川宿の飯盛宿土蔵相模《どぞうさがみ》に男衆として奉公しているよ。女将さんは私の知り合いでね」

信一郎は長煙管を静かに払うと、

「大黒屋は、先代とお香さんの約束に則《のっと》り、礼儀は尽くしましたよ」

「だがね、信一郎、勝豊がおまえさんの願い事を聞き入れるかどうかは別のことだよ」

と念を押したお香が煙管の雁首で袱紗包みをすいっと手元に引き寄せた。

四半刻《しはんとき》(三十分)後、角一楼から男衆の伊神の龍太が飛び出すのを対岸の河岸《かし》道から見た信一郎が、田之助に合図を送った。すると心得た田之助が龍太のあとを追って櫓下から消えた。

角一楼を見通す堀に猪牙舟《ちょきぶね》を止めた信一郎は、悠然と時が過ぎるのを待った。お香の見世はなかなか流行っているらしく客が次から次に来て、半刻で出てきた。中には遊び代をふんだくられたか、楼の前で悪態をつく職人風の三人連れもいた。すると龍太の仲間らしい荒くれ男が木刀を振りかざして追い払うという一幕もあった。

角一楼が阿漕《あこぎ》な遊び場であることは確からしいと信一郎は思った。

四つ(午後十時頃)の時鐘が深川一帯に鳴り響いたとき、櫓《ろ》の音がして、四人を乗せた猪牙舟が角一楼の船着場に漕《こ》ぎ寄せられた。

信一郎は四人の一人が伊神の龍太だと認めた。

「旦那、足元に気をつけなすって」

龍太が人寄せ稼業《かぎょう》の安房屋宣蔵らしい男の前に提灯《ちょうちん》を差出し、如才なく案内していった。その後を剣客風の二人が従った。宣蔵の用心棒か。

お香の鉄火な口利《くちき》きといい、宣蔵の横柄《おうへい》な態度といい、阿漕な生き方が改めて知れた。

宣蔵らが角一楼に入ってしばらくした後、猪牙舟に田之助が姿を見せた。

「ご苦労でした。どうでしたな」

「龍太が横川の安房屋を訪ねたとき、宣蔵は外に出ておりまして、店先で龍太は半刻ほど待たされました。他出から帰った宣蔵に龍太がなにを報告したか知りません。宣蔵は使いを出して二人の用心棒を呼び寄せて、猪牙でこちらに来たってわけです」

「龍太が報告したことなど知れてますすよ」

と答えた信一郎に、

「一番番頭さん、腹が空かれたことでしょう。安房屋の前でたっぷりと待たされたお蔭《かげ》で煮売り酒場で握りめしを拵《こしら》えてもらう間がございました」

「それはよう気が付きなさった」

と機転を褒めた信一郎が、

「今晩、宣蔵はお香のところに泊まる気配ですか」

「三日にあげず角一楼で夜を過ごすようです。龍太が使いに立ったこともあり、間違いございません」

「腹拵えして角一楼に忍び込みますぞ」

竹皮包みの握りめしには、ごま塩が振り掛けられ、大根の古漬けも添えられていた。

信一郎と田之助は夕餉《ゆうげ》の代わりの二つずつの握りめしをゆっくりと咀嚼《そしゃく》して食べ終えた。

その後、信一郎が羽織を脱ぐと、袷《あわせ》の帯を解き、裏に返した。すると派手好みの路考茶《ろこうちゃ》から縦縞《たてじま》の黒地に変わった。

「一番番頭さん、得物は」

「持参します」

信一郎の言葉に田之助の体が緊張に一瞬竦《すく》んだ。

「私も一緒です」

「はっ、はい」

鳶沢一族もこのところ実戦の場から遠ざかり、修羅場を潜《くぐ》った者が少なくなっていた。

田之助は猪牙舟の船底に巧妙に隠された穴から用意してあった匕首《あいくち》と脇差《わきざし》を出し、匕首を懐に飲むと脇差を信一郎に渡した。信一郎はそれを後ろ帯に差し落として、袷の裾《すそ》を帯にたくし上げた。

さらに田之助が隠し戸棚から錠前を開ける鍵束《かぎたば》を取りだし、懐に忍ばせた。

「行きますよ」

落ち着いた信一郎の声がして、二人は猪牙舟から河岸道に上がると闇《やみ》に溶け込んだ。

「お香、こいつは大した金蔓《かねづる》を摑《つか》んだもんだぜ」

安房屋宣蔵の上ずった声が天井に潜《ひそ》む田之助の耳にも床下に潜《もぐ》り込んだ信一郎にも届いた。

刻限はすでに夜半九つ（零時頃）を回り、角二楼には泊り客が三人いた。遊女たちも寝に着き、用心棒侍の二人が表の板の間に控えていた。

宣蔵は寝間に入り、お香から大黒屋の一番番頭が訪ねてきた経緯を聞くと、こう感想を漏らしたのだ。

「親方、大黒屋はただの商人《あきんど》じゃないよ」

「どういうこった」

「私が奉公に上がった頃は、そうでもなかったがね、三、四十年ほど前は大黒屋の奉公人はすべて一族で固められていたそうだよ。私が店に入った後だって、一族の口が堅いったらありゃしないやね。それにさ、庭の真ん中に離れ屋が突き出してさ、代々の総兵衛が住み暮らすんだがね、どうやら離れ屋の下に隠し部屋があるらしくて、深夜や明け方、一族の者は地下に集まって、何事か話し合っている様子なんだよ」

「お香、そりゃ大黒屋の一族、隠れきりしたんだぜ。となれば手の打ちようもないわけじゃなかろう」

「どうする気だえ」

「宗門改めに直訴するさ」

「それじゃあ大黒屋が潰《つぶ》れちまうよ、金が強請《ゆす》りとれないじゃないか」

「それもそうだな、ちいとばかり考えなくちゃなるまい」

「いやだよ、急に襟口に手を差し込んでなにをしようてんだよ」

「女郎屋の女将《おかみ》がなにをもないもんだぜ。おめえのぬめっとした肌を抱いているといい考えもわこうというもんだ。おっと、そうだ、勝豊の奉公先を品川と言ったんだな」

「言ったよ」

「番頭め、本気にしたか」

「百戦錬磨のお香様にかかっちゃ大黒屋の一番番頭なんて堅物はいちころさ。だから、この百両を受け取ったじゃないか。まさか勝豊が吉原に入り込んでいるなんて思いもしないよ」

と答えたお香の声が急に高鳴った。

「おまえさん、長襦袢《ながじゅばん》の裾に顔なんぞ突っ込んで、あれ、困ったよ」

お香の嬌声《きょうせい》が響く中、床下の信一郎が、

ちゅちゅちゅちゅう

と鼠《ねずみ》の鳴声を真似《まね》て、天井の田之助に行動の刻《とき》を告げた。

三

安房屋の宣蔵に従ってきた用心棒侍二人は、廊下の奥から伝わってくるお香のよがり声を聞くと、貧乏徳利に目を向けた。茶碗《ちゃわん》が二つ添えられた徳利を一人が摑み、

「旦那《だんな》もなかなか元気なことだね」

と感心したように呟《つぶや》き、貧乏徳利を片手で抱えると木栓を口で開け、茶碗に注いだ。

その瞬間、土間の暗がりにふわりと舞い下りたものがあった。まるで大きく羽を広げた蝙蝠《こうもり》のように着物だけが三和土《たたき》に落ちてきた。

「なんだ、あれは」

と仲間が呟き、三和土に広がった着物を見た。わずかに袷は盛り上がっていた。

うーむ
と貧乏徳利を口で開けた用心棒侍が茶碗を置いて立ち上がった。

板の間に置かれた有明行灯《ありあけあんどん》は土間に溶け込んだ着物がなぜ落ちてきたか、判然とさせるほどの灯りの強さはなかった。

「梁《はり》から袷が降ってきやがったか」

有明行灯を手にとろうと振り返った用心棒侍の視界にひっそりと立つ信一郎の姿が目に留まった。二階階段の傍らの廊下だ。

「おまえは」

と誰何《すいか》しかけた用心棒侍に信一郎の片足が鎌《かま》のように翻《ひるがえ》って首筋に巻きつくように蹴《け》り上げた。

一瞬の早業に体をくねらせた用心棒侍が立ちすくみ、朽木が倒れるように傾きかけた体を信一郎が素早く摑むと床にそっと横たわらせた。

「き、きさまは」

と二人目が慌《あわ》てて立ち上がろうとした。

三和土に溶け込んでいた袷がもこもこと盛り上がるとひょいと投げ上げて着物に両腕を通しながら立ち上がった、田之助だ。さらに板の間に音もなく飛び上がり、信一郎を振り向いた二人目の用心棒の首の後ろから田之助の長い手が巻き付き、

くいっ

と締め上げた。

二人目が他愛《たわい》もなく気を失った。

信一郎と田之助は用心棒侍の腰から脇差をそれぞれ抜くと二人の体を土間の暗がりに並べて転がした。

信一郎が田之助に目で合図すると奥へ向かった。

もはや二階の客座敷は眠りに就いていた。

一階のお香の座敷に灯りが灯って、高く低くお香の嬌声が流れていた。

「お香、お、おれが上だ」

と汗みどろの体を入れ替えようとしたとき、宣蔵の目の端を影が動いた。

宣蔵は太った首を捻《ね》じ曲げて影を確かめた。

「な、なんだ、おめえは」

とぜいぜいと息を切らした声で問うたとき、宣蔵の背後から刃《やいば》が首筋を、
すいっ
と撫《な》で斬《き》った。

宣蔵は呻《うめ》く間もなくあの世へと旅立った。

宣蔵の太った体から急に力が抜けたのを感じたお香は、半眼に眼を開いた。するとその視界に大黒屋の一番番頭の血に染まった脇差を構えて立っている姿が映った。

「信一郎じゃないか」

お香は宣蔵の体の下で身悶《みもだ》えしながら愛想笑いを浮かべようとした。だが、緋縮緬《ひぢりめん》の長襦袢の裾は乱れて、白い股《もも》が信一郎の眼にさらされていた。

「お香さん、嘘《うそ》はいけませんよ。勝豊さんは吉原に奉公というじゃないですか」

「だ、だからあのとき、そういったろう」

「いえ、南品川宿の土蔵相模に男衆《おとこし》で入っているとたしかに」

「そ、そんなことをいったかえ」

お香はだんだんと重さを増す宣蔵の体をどけようと足掻《あが》いた。

「吉原のどちらなんでございますな」

「江戸町二丁目の西院楼の男衆見習いに入ったんだよ、これは間違いないよ」

「虚言《そらごと》はなしにございますよ」

「真《まこと》のことだよ、一番番頭さん。後生だから命だけは助けておくれよ」

「そなたも大黒屋に奉公した身だ。うちのことを外で漏らすのはご法度《はっと》、その口止め料を貰《もら》って外に出た筈《はず》でしたね」

「だから、なにも」

「寝物語に宣蔵にいささか喋《しゃべ》り過ぎましたな」

信一郎が血に染まった脇差を振り上げた。お香が最後の力を振り絞って宣蔵の体を跳ね飛ばして信一郎から逃れようとした。その背にだれかの脛《すね》が当たった。

振り向いたお香の目に田之助の姿が止まった。

「ああ」

と絶望の声を漏らしたお香の首筋を信一郎の脇差がやさしく撫で斬った。

田之助が漕《こ》ぐ猪牙舟《ちょきぶね》は、ゆっくりと武家方一手橋を潜り、大川河口に出ると舳先《へさき》を佃島《つくだじま》と鉄砲洲《てっぽうず》の間の海峡に向けた。

河口に出たせいで猪牙舟が揺れた。すると波が胴ノ間に転がされた用心棒侍の顔にかかって気が付いたか、体を起こした。

舟には薄い月明かりが差し込んでいるばかりだ。

「舟か」

船縁《ふなべり》に顔を上げた一人がもう一人を揺り起した。

「新左衛門、しっかりせえ。われら、三途《さんず》の川を渡っておるぞ」

「さ、三途の川じゃと」

と新左衛門と呼ばれた用心棒が辺りを見回し、舳先に据わって煙管《きせる》をふかす信一郎に気付いた。

「い、生きておるぞ、嘉助」

嘉助と新左衛門が信一郎を見た。

「いかにも未《ま》だこの世にございますよ」

「そ、そなたら何者か」

「他人の詮索《せんさく》はこの際なしにしましょうか。そなた様方が置かれた立場を話しておきます」

「立場じゃと」

「そなた様方は、角一楼のお香と安房屋宣蔵がまぐ合《わ》う寝間に忍び入り、脇差を使って二人を殺した」

「そ、そのようなことをした覚えはない」

「いかにもさようです。ですが、寝間に残された二振りの脇差は血に塗《まみ》れておりましてな、そなた様方の腰のものであることはたしか」

信一郎の言葉に二人が腰を探り、胴ノ間に転がる大刀を探しあてた。

「なにを無体な」

新左衛門が大刀を摑むと抜こうとした。

「止《や》めておきなさい。下げ緒で柄《つか》と鞘《さや》を縛ってございますでな、そうそう抜けませんので」

「そなたらは何者か」

少し落ち着きを取り戻した嘉助が聞いた。

「他人の詮索はなし、と申しました。そなた様の姓名はなんでございますな」

「梅沢嘉助」

「そちらは」

「雲州浪人猪狩新左衛門」

「梅沢様、猪狩様、相談にございます」

「なんだ」

「ここに十両ずつ包んでございます。草鞋《わらじ》銭にございますよ。しばらく江戸を離れて上方にでも行かれませぬか」

「なぜ江戸を離れねばならぬ」

「そなた様方は宣蔵、お香殺しの下手人として明日にも江戸じゅうに手配書が回りますでな」

あああ

と新左衛門が悲鳴を上げた。

「品川宿まで送って参りますでな、六郷の明け一番の渡船に乗って、西に上りなされ」

信一郎の穏やかな命に二人の用心棒が顔を見合わせた。

「たしかに路銀十両、頂戴《ちょうだい》できるな」

どさり、と二人の体の前に包みが二つ投げられ、一つずつ摑《つか》むと中の小判を調べた。

「相分かった」

「当分江戸に近づかないのが上策にございますよ」

と最後に応じた信一郎がこつこつと煙管の灰を揺れる船縁で叩《たた》いて海に落とした。その様子を二人の用心棒侍が、

（こやつ、何者か）

という顔で恐ろしげに見た。

信一郎と田之助が大黒屋の地下の船隠しに猪牙舟を入れたとき、朝の光が戻

ってきた。

地下の大広間に光蔵が待ち受けて、信一郎から報告を受けた。

「なんと勝豊様は吉原の男衆に出ておりましたか」

「麻布村の百姓小左衛門方に貰われていった筈にございましたが、まさか生母のお香の身元を探り出し、母子の対面をなしていたとは迂闊《うかつ》でした」

「まさか勝豊様、実父の身元まで承知ではありますまいな」

「お香の口ぶり、それは未だ告げてないように思えました」

光蔵と信一郎はしばし沈黙して考えを巡らした。

「信一郎、まず一族の者を出して麻布村を探らせましょう。勝豊様がまっこと麻布村を出ておるかどうか、出たとしたらその理由はなにか。また勝豊様のご気性やいかに、朋輩《ほうばい》はおるかどうか」

「三番番頭の雄三郎に探らせましょう」

信一郎の答えに光蔵が頷《うなず》いた。

「吉原のほうは今日じゅうに私が調べます」

「頼みました」

と応じた光蔵が、

「さて、そろそろこの事実を総兵衛様にお伝えして指示を仰ぐときにございますぞ」

「総兵衛様のお加減はいかがにございますか」

「最前、おりんと顔を合わせました。朝の間は熱も落ち着き、比較的しっかりとしていなさるそうな」

「お会いしますか」

大黒屋の二人の幹部は地下大広間から隠し階段を上がって、離れ屋の仏間の聚楽壁《じゅらくかべ》を横に滑らせると、風通しのよい寝間に伏せる総兵衛のもとに向かった。

大黒屋の奥向きを仕切るおりんが二人を迎えた。おりんは総兵衛の内儀が実家に戻った今、総兵衛の面倒を一手に引き受ける一族の女衆《おなごし》だった。年は二十五、一族でも美貌《びぼう》と賢さで知られていた。

「総兵衛様のお加減はいかがかな」

「粥《かゆ》を茶碗《ちゃわん》半分ほど召し上がられました」

「半分とはいわずせめて一膳《ぜん》は食して頂かぬと治る病も治りませぬがな」

「光蔵、入りなされ」

総兵衛の声がして光蔵と信一郎が主の枕辺《まくらべ》に通った。

「そなたら二人が顔を揃《そろ》えての面談とは珍しいな。どうやら総兵衛の寿命も尽きたか」

総兵衛はおりんに手伝わせて床に起き上がり、脇息《きょうそく》に上体を持たせかけた。ふっくらとしていた頰が削《そ》げ落ち、無精髭《ぶしょうひげ》が痛々しかった。朝の間は熱がないといったが、両眼が潤《うる》んでいるように見えた。微熱が続く証《あかし》だろう。

鳶沢一族の九代目頭領総兵衛は、蒲柳《ほりゅう》の質といってよかった。それでも若いうちは大船を駆って琉球などに長駆《ちょうく》航海して商いを続けていた。それが春先の病以来、急激に衰えを見せていた。

「冗談にもさような言葉をお吐きになってはなりませぬ」

「光蔵、桂川甫周先生はなんと申された。いや、虚言を弄《ろう》してはならぬ。もはやその時は過ぎたでな」

「いえ、それは」

「われは鳶沢一族の頭領ぞ、死期くらい悟らんでどうする。信一郎、忌憚《きたん》なく申せ、わが寿命をな」

「仰《おお》せゆえお答え申します」

「おお」

「短くて三月長くて半年の余命が蘭医桂川甫周先生の診立てにございます」

「三月か、相分かった」

と総兵衛勝典が淡々と応じた。

しばし一座に沈黙があった。だが、長いことではなかった。

「光蔵、残る心配は大黒屋、いや、鳶沢一族の跡継ぎか」

「はっ、はい。ですが、ご案じなされますな。血筋は絶えておりませぬ」

その言葉を聞いてなにか言いかけた総兵衛が咳き込み、おりんが総兵衛の背《せ》をさすり、信一郎が枕辺にあった白湯《さゆ》を手にした。

咳が止まったとき、白湯を口に含んだ総兵衛が、

「お香との間に生まれた勝豊がことか」

「総兵衛様は勝豊様の生育を承知でございましたか」

「数年前、調べんでもなかった」

「いかに」

と光蔵が聞いた。

「わしの血が半分、お香の血が半分、転びようによっては性悪のお香の血が姿を見せよう。どうしておるな」

総兵衛が腹心の部下であり、大黒屋の幹部である二人に質《ただ》した。

「すでに麻布村の小左衛門様方を出て、お香さんとも親子の対面を果たしておりました。ただ今は吉原に奉公に出て、お香さんの商いを継ぐ考えのようにございます。これすべてお香さんの言葉にございます」

「お香の商いとはなんじゃな、信一郎」

「深川櫓下《やぐらした》で角一楼なる女郎屋商売をしております」

「あの女、女郎屋の女主《あるじ》に収まっておったか、当然後見がおろうな」

「荷揚げ人足の口入屋安房屋宣蔵なる者がお香さんの旦那《だんな》にございますな」

「破《わ》れ鍋《なべ》にとじ蓋《ぶた》か」

だれもなにも答えない。

「信一郎、お香に会うたな」

「はい」

「いかな女になっておったな」

「大黒屋に奉公に上がった折のお香さんではございません。もはや別人にございました」

「信一郎、おれは親父《おやじ》様の裁断に逆らう勇気がなかった。そのことが一人の女を不幸にした」

「総兵衛様、そうではございませんぞ。先代勝雄様の忠言は正しかったのでございます、それを受け入れられた勝典様の判断にも間違いはございませんでした」

と光蔵が声を張り上げた。

「鳶沢一族は、お香とおれの子、勝豊に望みを託しておるのか」

総兵衛の声には自嘲《じちょう》の含みがあった。ふいに、

「おりん、疲れた」

と総兵衛がいい、信一郎が脇息を外し、おりんが総兵衛の痩《や》せた背に腕を回してゆっくりと床の上に寝かせた。

「信一郎、始末をつけたな」

「いかにもさようにございます」

と応じた信一郎の答えに迷いを感じた総兵衛が寂しげな笑いを浮かべた。

「そなたの判断に間違いがあろう筈《はず》もない」

信一郎は黙って主の言葉を聞いた。

「総兵衛様、なんとしても勝豊様を鳶沢一族の十代目頭領に育てあげてみせまする」

「光蔵、勝豊に会うたか」

「いえ、未《いま》だ」

熱に潤んだ視線が信一郎に向けられた。

「いつ会うな」

「今晩にも」

「十七歳と三月か」

「総兵衛様にお尋ね申します」

「申せ、おれとそなたの間柄じゃぞ」

「勝豊様にお目にかかったことがございますか」

「ない。しかとない」

「なんぞ人に託して差し上げたことはございますか」

「おれの子と証拠立てる書付か、持ち物か」

「はい」

「一切ない」

「それを聞いて安堵《あんど》致しました」

「十七歳を超えた者を鳶沢一族の頭領に育て上げるのは容易ではない」

「されどただお一人の血筋にございます」

と光蔵が言い切った。

「汚れた血が一滴でも一族に混じったときのことを考えたことがあるか、光蔵」

しばし沈黙した光蔵が、

「どうすればよろしいので」

「信一郎の判断に委《ゆだ》ねよ」

勝豊の人物を見てから判断せよと総兵衛は言っていた。

「もし箸《はし》にも棒にもかからぬ勝豊様であった場合はどうなされますな」

と信一郎が尋ね返した。

「百年の大計のためじゃ、殺せ」

と病の床から九代目総兵衛が非情な命を発した。

「それでは血筋が絶えてしまいます」

光蔵の反問に総兵衛は両眼を閉じて荒い息を吐き続けた。

「大番頭様、お疲れにございます」

とおりんが二人に退室を促した。

「おりん、待て」

長い沈黙の時間が流れた。弾む息が鎮《しず》まり、眠りに落ちる表情を見せた。その時、総兵衛の口が開かれた。

「血に非《あら》ず」

その呟《つぶや》きを最後に総兵衛は眠りに落ちた。

四

この宵、光蔵と信一郎は吉原の大門を潜《くぐ》り、七軒茶屋の引手茶屋の山口巴屋《ともえや》の暖簾《のれん》の前に立った。京町筋あたりから清掻《すががき》の調べが気怠《けだる》く聞こえてきた。

「おや、大黒屋の大番頭さんに一番番頭さんではございませんか」

と顔なじみの男衆《おとこし》が声を張り上げて迎えた。

二階座敷に通された二人のもとに早速茶屋の女将《おかみ》おそのが挨拶《あいさつ》にきた。

「大番頭さん、いつもお健やかなお顔で安心致しました」

「私は元気です」

「おや、どなたかが加減が悪うございますか」

おそのは富沢町に流れる噂《うわさ》を思い出して聞いた。

「いえ、言葉のあやですよ」

「おや、そうでしたか。今日はお遊びにございますか」

「女将さん、いささか野暮用でな、江戸町二丁目の西院楼さんの主どのか、いや、番頭さんでようございます。こちらに呼んでは頂けませぬか」

西院楼は旧吉原時代から暖簾を上げていた西院左京方の末裔《まつえい》が商う大見世だ。

「畏《かしこ》まりました」

早速山口巴屋から使いが出されて、西院楼の番頭が飛んできた。

「これはこれは、大黒屋の大番頭様、なんぞ御用と聞いて飛んで参りました」

事実番頭の初蔵の額には汗の玉が光って見えた。

富沢町の大黒屋、江戸有数の分限者《ぶげんしゃ》であり、豪商だ。吉原にとっても大事な客筋だった。

「番頭さん、今宵《こよい》はお遊びではございませんのさ。野暮な用事にございましてね、いささか知恵を貸してくれませんか」

「私で役に立つなればなんなりと」

と西院楼の番頭は緊張をときながらも、

(大黒屋がなんの用事か)

と訝《いぶか》った。

「そなたの楼の男衆で勝豊と申す者が奉公しておりますな」

「勝豊」

「齢《とし》は十七、八」

「大番頭様、うちでは勝次と呼ばれていました。勝豊なんて武家方の名のようで吉原の見習いには似合いませんでな。勝次がなんぞやらかしましたか」

番頭の顔に困惑があった。

「勝次と申す若者、もう楼には奉公しておりませんか」

「三月も前に馘首《かくしゅ》致しました」

「なんぞ不都合がございましたかな」

「親元は麻布村の百姓小左衛門と請け書をうちに差し出していましたが、もはや親元は飛び出しておることが分かりましたでな」

「番頭さん、一旦《いったん》奉公した者の身元を調べる気を起こされましたな」

「楼の恥になります」

「お聞かせ願いましょうか」

と光蔵の険しい口調と表情に番頭が唾《つば》を飲み込んだ。そして、番頭は大黒屋がただの古着問屋ではない、幕府と密《ひそ》かなつながりを持つ隠れ旗本との噂を思い出していた。

「勝次には二階回しの見習いをさせておりましたが、女郎の金子がちょくちょくなくなるばかりか、一度などは客の金子がなくなりましたので。いえ、馴染《なじ》みさんゆえ財布なんぞは引手茶屋にそっくりと預けてうちに上がられます。ところが節季の祝いを花魁《おいらん》に持ってきた包金五十両が無くなりましたので」

「それが勝次の仕業と申されますか」

「私どもも楼の名に傷がつくこと、密かに調べた結果、勝次しかその場に入り込むことができません」

「質しましたかな、当人に」

「質す前に奴《やつ》の持ち物を調べました。すると包金が出てきました。その金子の謂《いわ》れを勝次に聞きますと実家から持参してきた金だと言い訳しますでな、麻布村の小左衛門方へ問い合わせに男衆を遣わしました。そこで勝次が小左衛門方を二年も前に飛び出ていることが分かりました」

「勝次を面番所に引き渡しましたかな」

官許吉原を監督するのは町奉行所隠密方与力同心だ。その吉原大門内の詰所を面番所と呼ぶ。

「麻布村をしっかりと確かめてからと思うたものですから、縄で縛りあげて布団部屋に押し込んでおきましたので。そしたら、勝次の奴、縄を解いて姿を暗ましたのでございますよ」

ふーうっ

と光蔵が大きな吐息をした。

「以来、勝次は吉原に姿を見せませんな」

へえ、と返答をした番頭が、

「大黒屋さんゆえ申し上げます」

「なんでございましょう」

「勝次め、悪い仲間を募って頭分に収まり、吉原の客の懐《ふところ》を狙《ねら》っておるそうな。面番所でも吉原会所でも勝次らの一味を追っておりますが、猪牙舟《ちょきぶね》を使ったり、浅草田圃《たんぼ》を巧みに逃げ回って奥山に入り込んだりと、なかなか尻尾《しっぽ》を摑《つか》ませませんので。ですが、ご安心下さい、早晩お上の手にかかって伝馬町の牢《ろう》に押し込められますって。塒《ねぐら》は奥山の見世物小屋なんぞを渡り歩いているそうですからな」

と番頭が言い切った。

光蔵はしばし沈黙して考え込んだ。信一郎は一切無言を通していた。

「大番頭様、勝次がなんぞ大黒屋さんと関わりがございますので」

「番頭さん、とんでもございませんよ。ちょいと余所《よそ》から調べものを頼まれましてね」

と光蔵は曖昧《あいまい》に返事をすると、

「西院楼の番頭さん、この話、おまえ様の胸の中に仕舞っておいてくれませんか」

「大黒屋さんが望まれるならば必ずや」

「その代わり、西院楼を贔屓《ひいき》にさせてもらいますよ」

承知致しました、と答え番頭は胸の中でにんまりとした。大黒屋に贔屓にされるということは楼の格が上がり、実入りも増えることを意味したからだ。

「ご苦労でした」

と西院楼の初蔵を下がらせた二人は山口巴屋の二階座敷で酒食をなすと二人だけで何事か話し合った。そして、引手茶屋に上がって二刻《ふたとき》(四時間)後、

「邪魔を致しましたな」

と存分な座敷代を支払った二人は大門を出た。

「お駕籠《かご》を呼びましょうか」

と山口巴屋の女将が二人に話しかけたが、

「ほろ酔い機嫌を夜風にあたって覚ましていきますでな」

と答えた光蔵が提灯《ちょうちん》を持たせた信一郎を先導にゆらりゆらりと五十間道を上がっていった。

四半刻《しはんとき》（三十分）後、二人の姿を奥山に見ることができた。

明らかに吉原帰りと分かる大店《おおだな》の主《あるじ》と番頭の風情《ふぜい》の二人だ。奥山に入ったところから監視の目がついた。

「つい花魁に酒を勧められて度を過ごしました」

「お客の接待にございますよ、無理をなされました」

と二人が話しながらいくところを、闇《やみ》から抜け出た人影が囲んだ。十六、七の悪ガキどもだ。

「おや、そなた方は」

「黙って懐の財布を置いていきな、命だけは助けてやろうか」

ひょろりとした若造が襟に突っ込んでいた片手を出した。抜身の匕首《あいくち》が信一郎の提灯の灯りにぎらりと光った。

「勝次という者はおりますか」

と光蔵が聞いた。

「なにっ、勝兄いの知り合いか」

「麻布村の小左衛門と申しましてな、勝次の父親《ておや》ですよ」

「なんだって親父様《おやじ》か」

「待て、常七。勝兄いの親父はどん百姓だぜ。こんななりをしているものか、面番所の罠《わな》だ」

一人がいうと一斉に得物を摑んだ悪ガキが輪を縮めてきた。

ふわり
と信一郎が動くと提灯の灯りを投げ捨て、悪ガキの視線がそちらにいったところに首筋に巻き付くような足蹴《あしげ》りと手刀が次々に決まり、五、六人がその場に倒れ伏した。

「他愛《たわい》もない」

信一郎が呟き、参りましょうかと光蔵に呼びかけた。旦那《だんな》然として頷《うなず》いた光蔵を案内するように信一郎が歩み出したとき、投げ出された提灯の灯りが燃え尽きた。

光蔵と信一郎は奥山から浅草寺境内の裏手に入り、本堂の前でお参りすると光蔵が賽銭《さいせん》箱に一両を放り込んで、総兵衛の病治癒を願った。

二人が階《きざはし》を下りて仲見世に向う時、その気配に気づいたが態度を変える様子はない。雷門を潜り、広小路を吾妻《あづま》橋の方に曲ると浅草御蔵前通に出た。

「参次郎の船がそろそろ琉球に到着してもよいころですな」

「このところ嵐《あらし》もございません。主船頭の潮吉が操る船です。首里外湊《そとみなと》の泊《とまり》に碇《いかり》を投げ入れておりましょう」

「おまえ様の親父様はさぞ驚かれたであろう」

「親父は勝典様のお人柄が好きにございましたでな。大番頭様の文を読み、参次郎から事情を聞いて腰を抜かすほどに驚いておりましょう」

「今年は殊更《ことさら》に野分が来るのが遅いでな、戻り船を嵐が見舞うこともあろう。

となると二十日後か一月後か。総兵衛様の容体が持ち直しておられるとよいが」

光蔵はそう呟いた。

が、夏の暑さのためか日一日と総兵衛が衰えてきたのが二人の目にも分かった。なんとか持ちこたえているのは、桂川甫周の渾身《こんしん》の治療があってのことだ。だが、日に日に総兵衛の食欲が衰えて、ために衰弱が激しくなり気力も落ちていた。

「総兵衛様の頑張りが功を奏するか、親父が嵐の海を乗り切って江戸に着くのが先か、争いになりましたな」

「その前になんとしても血筋の者を探し出し、跡継ぎとして総兵衛勝典様のお許しを得なければならぬ」

信一郎は二人のあとをひたひたと尾行してくる者のことを思った。

いつの間にか浅草橋に差し掛かり、橋を渡りきった二人は慣れた足取りで両国西広小路を東に向い、米沢町の辻《つじ》で入堀へと方向を変えた。三筋ほど米沢町を南西に進んだ二人は橘町《たちばなちょう》の辻を左手に曲った。

もはや大黒屋はすぐそこだ。

信一郎は影のように張り付いた気配を誘導するように橘町二丁目を入堀へと出ようとした。すると後ろの尾行の気配がふわりと消えた。

千鳥橋に出た。

大黒屋の前にある栄橋の西側にある橋だ。二人は橋を渡ることなく河岸《かし》道を栄橋へと歩いた。

行く手の闇が動いて細身の影が姿を見せた。着流しの雪駄《せった》を突っかけ、片手を襟元に突っ込んでいた。

光蔵と信一郎は無言でその影へと歩みを続けた。

常夜灯の灯りに頰が殺《そ》げた若者の貌《かお》が浮かんだ。十七、八にしては殺伐とした自堕落さを身につけていた。吉原では勝次と呼ばれていた勝豊だ。

光蔵はじいっと勝豊の相貌《そうぼう》を眺めて、

「ああ」

と嘆息した。

「爺《じい》さん、なんの溜息《ためいき》だ」

「勝豊とはおまえさんじゃな」

「おれのことよりお袋と安房屋の宣蔵を殺したのはてめえらだな」

「どういうことですね」

「櫓下《やぐらした》の角一楼の寝間で年がいもなく絡《から》み合っていたお袋と宣蔵を脇差《わきざし》で殺《あや》めたのは用心棒の二人じゃねえ。あいつらがそんな大それたことが出来るものか」

「なぜ私らがそなたのお袋様を殺めねばなりませんな」

「絵解きをしろというのかい」

「願いましょう」

「お香はその昔、ほれ堀向こうの大黒屋に奉公して、当代総兵衛に見染められ手がついた。だが、先代がお袋のことをうとみ、強引に別れさせたらしいや。その後、お袋はおれを生んだってことよ。昔のことだが図星だろうが」

お香に聞いたか、勝豊はすべてを承知していた。

「なかなか出来たお話にございますよ」

「大番頭さん、おめえ方が急にお袋の周りに出没し、探りを入れてきたのはなんのためだ」

「言い掛かりもはなはだしい」

「そうかえ」

勝豊は、着流しの懐に片手をもぞもぞとさせた。

「正直に言いねえな。ならばこちらも相談にのらないわけじゃない」

「ほう、どのような相談にございますな」

「大黒屋は、いやさ、おれの親父は死にかけているってな。跡取りだった幸之輔は流行《はや》り病《やまい》でおっ死《ち》んだ。あれだけの大所帯を継ぐものがいねえ、そこでおめえらは昔の色に生ませたおれのことを調べ始めた」

「なんのためにございましょう」

「往生際《ぎわ》が悪いぜ、大番頭さん」

「ほうほう」

「おれを大黒屋の跡継ぎにと考えたんじゃないか」

「都合のいい話にございますね」

光蔵が応じて、信一郎が呆《あき》れたという表情でひゅーっと驚きの声を洩《も》らした。

その声は入堀を越えて大黒屋に届いた。

「まあいいさ。おれは大黒屋なんて古着屋の跡継ぎなんぞにはなりたくねえ。その代わり大黒屋の身代の半分を頂戴《ちょうだい》しようか」

「どこの馬の骨とも知れぬ男に大黒屋の身代の半分ですと、呆れた」

「呆れたかえ。おめえらが断るのは好き勝手だ。おりゃ、町役人に訴えて町奉行所におれが血筋だという訴状を出すさ。そうすれば白黒はお上がつけてくれようじゃないか」

「考えましたな」

「それとお袋の殺し賃があったな。奉行所の手が入るか、大黒屋の竈《かまど》の灰までおれのものになるか、二つに一つの返答をしねえな」

十七歳の勝豊が光蔵と信一郎を相手に脅しをかけた。

信一郎が話し合いましょうかね、と一歩二歩勝豊に歩み寄った。すると襟元の片手を抜いた勝豊の手に匕首があった。

「近づくんじゃねえ。大黒屋の噂《うわさ》は知らないわけじゃねえおれだ」

勝豊が後ずさりした。

さらに信一郎が間を詰めた。

「来るんじゃねえ、番頭」

「どんな噂にございましょうな」

「大黒屋の裏の顔は夜盗か海賊って噂が流れていらあ、当たらずとも遠からずだろうぜ」

「大黒屋は幕府が許した八品商売人の鑑札を持つ古着問屋にございますよ。そんなよた話があるものですか」

信一郎がさらに勝豊との間を詰めた。すると後ずさりする勝豊の足裏が土手道の縁、石垣に触れた。

「あっ」

と振り向く勝豊の前に蛸《たこ》入道のような大男が伸び上がってきて、太い腕をくいっと細首に巻き付けた。

勝豊が叫ぼうとしたが大黒屋の荷運び頭、坊主《ぼうず》の権造《ごんぞう》が一気に腕を締め上げながら大根を引き抜くように地べたから空に吊《つ》り上げた。

ばたばた

と勝豊が足を揺らしたがそれが最後の抵抗だった。

鳶沢一族一の大力坊主の権造はしばらくそのまま勝豊を吊るしていた。すると勝豊の股間《こかん》から小便が洩れて、乱れた裾《すそ》の足を伝い、河岸道に流れた。

「これでようございましたか、一番番頭さん」

「結構でした」

「碇を抱かせて江戸湾の海の底に沈めます。一月もすれば魚の餌《えさ》、跡形もなく消えましょう」

「お願い申しましょうかな」

坊主の権造が勝豊を吊り下げたまま後ろ向きに、ぽーんと水面に飛び降りた。入堀に荷船が舫《もや》われていて、権造は筵《むしろ》で包まれた古着の荷が積み上げられた上に飛び降りた。すると権造の配下の棹差《さおさ》しの武男が棹の先で石垣をついて荷船を大川へと流し始めた。

河岸道で荷船を見送る光蔵が腹心の信一郎に、

「これで血筋が絶えました」

と呟《つぶや》いた。

「血に非《あら》ず、と総兵衛様は申されましたぞ、大番頭さん」

「跡継ぎは血に非ず、とそなたは理解なされたか」

「その他に解釈がございますので」

「さあてのう」

と呟いた光蔵が、

「一族の中で総兵衛様にいちばん近い血筋はだれか」

と自問するように洩らした。

「駿府鳶沢村の分家、安左衛門様が教えてくれましょう。それにしても安左衛門様の江戸到着も遅うございますな」

「直系が絶えたのは鳶沢一族九代目にして初めてのこと、偏《ひとえ》に私どもの落ち度であった」

と嘆きの言葉を残した光蔵が栄橋に向かって歩き出し、信一郎は今一度入堀界隈《かいわい》の様子を窺《うかが》った。あちらこちらの闇《やみ》に鳶沢一族の者たちが潜んでいた。

夜風に秋の気配があった。

信一郎は手を振って解散を命じた。

第二章　総兵衛の死

一

この日、四番番頭の重吉に先導されるように早駕籠《はやかご》が大黒屋の店の前に到着した。駕籠には鳶沢村の若い衆で美吉《よしきち》と達次が従っていた。

「おお、安左衛門様、お待ちしておりましたぞ」

と帳場格子《ごうし》から大番頭の光蔵が飛び出してきて安左衛門の駕籠を迎えた。

鳶沢一族で長老と呼ばれるのは、大黒屋江戸店の大番頭の光蔵、鳶沢村の村《むら》長《おさ》の安左衛門、琉球首里店の総支配人の仲蔵の三人だけだ。そして、それに準ずるのが富沢町の一番番頭信一郎だ。

何度も駕籠の中から会釈《えしゃく》を繰り返した安左衛門が意外と元気な足取りで敷居を跨《また》ぎ、三和土《たたき》廊下から奥に通った。

「重吉、美吉、達次、ご苦労でしたな」

と労《ねぎら》った光蔵が、

「鳶沢村往来、予想よりも日にちがかかりましたな」

と重吉に聞いた。

「大番頭様、間が悪いことに安左衛門様が信濃《しなの》の善光寺様に年詣《としまい》りに出かけておられまして、鳶沢村では急ぎ善光寺に使いを立てましたが、村長の一行と行き違いになってかような日にちを要しました。申し訳ございません」

と重吉が頭を下げ、

「美吉さんと達次さんは安左衛門様の善光寺行に従っておられました。見張りで出ていた一族の衆が鳶沢村に帰る途中の一行を江尻《えじり》宿で見つけまして、安左衛門様は、鳶沢村に戻ることなく駕籠を代えられただけで江戸に向かわれたのでございます。私もそれを村で知りまして、半日遅れて安左衛門様一行と富士川の河原で合流できました」

と報告した。

「美吉、達次、ご苦労でした。まずは休みなされ」

と言い残した光蔵が奥座敷に向かった。するとそこでは安左衛門に信一郎が白湯《さゆ》を供していた。

「光蔵さんや、遅うなって相すまぬことでした」

「善光寺様へ年詣りに出かけられておられたそうな」

「帰りに思いついて秋葉明神に回ったりしましてな、重吉をいらいらさせました。総兵衛様のお加減はどうですか」

「正直申して日一日と衰えていくのが目に見えます、お労《いたわ》しゅうてな」

「なんと業病に取りつかれたものよ」

と応じた安左衛門が、

「総兵衛様にお目にかかれようか」

と二人に尋ねた。信一郎が頷《うなず》き、

「おりんさんに許しは得てございますが、熱のために意識が朦朧《もうろう》として安左衛門様がお分かりになるかどうか」

「なんとそれほどひどうございますか」

と安左衛門が旅仕度のままに立ち上がった。

この日、総兵衛は朝から冷やした瓜《うり》をわずかに食したきりで、額には四半刻《しはんとき》(三十分)おきに取り換える井戸水に浸して固く絞った手拭《てぬぐ》いを乗せて、小さな呻《うめ》き声を上げ続けていた。

その様子に接した安左衛門は離れ屋の病間の敷居前で立ち竦《すく》んだが、

「総兵衛様、鳶沢村の安左衛門にございます」

と気を取り直したように明るく呼びかけた。

だが、総兵衛の反応はなかった。

おりんが枕元《まくらもと》に置いた井戸水の桶《おけ》から別の手拭いをとると絞って総兵衛の顔にあてた。すると総兵衛は水が飲みたいのか、ちゅぱちゅぱと手拭いの端を赤子のように吸った。

その様子を夜具の隅に寝ていた黒猫のひなが見て、

「みゃうー」

と鳴いた。

「総兵衛様、お水にございますか」

おりんが水差しを総兵衛のかさかさの口に持っていった。すると総兵衛が無意識のうちにわずかながら水を飲み、むせた。

「総兵衛様、体を起こして差し上げます」

おりんがゆっくりと総兵衛の背を起こすと背を優しく摩《さす》った。おりんの手で総兵衛の上体が起こせるほどにやつれていたのだ。

ふと総兵衛の顔が安左衛門を見た。

「おお、旦那《だんな》様、鳶沢村の安左衛門にございます」

と改めて呼びかけた。だが、総兵衛の視線は庭に向かい、

「雪か、寒いはずじゃ。綿入れの季節が参ったぞ」

「はい、いかにも綿入れの季節にございます」

総兵衛とおりんが会話をしながら見つめる庭には秋の穏やかな光が散って色づいた紅葉を照らしていた。

「なんと、もはや総兵衛様は私の顔もお忘れか」

と安左衛門が嘆いた。

おりんがゆっくりと総兵衛の上体を床に寝かせた。

ふうっ

という吐息が病間に流れた。安左衛門の口をついたものだった。すると、

「幸之輔《こうのすけ》、ようもはいはいができるようになったな。よいよい、そなたは大黒屋の十代目にして、鳶沢一族の頭領になる身じゃぞ。しっかりとした五体を作りなされよ」

と意外とはっきりした声音で総兵衛が呟いた。

「安左衛門様、総兵衛様のお意識がしっかりとしておられるのは朝のわずかな間だけにございます。明日の朝を待たれませぬか」

とおりんが鳶沢村から早駕籠で駆け付けてきた長老に願った。

「それがよかろう」

と光蔵も賛意を示した。安左衛門は身悶《みもだ》えするように体をねじって、

「この安左衛門の顔をお忘れとは」

と再び嘆いた。

「お忘れになったわけではございません、熱のいたずらにございます」

とおりんが長老を慰め、

「朝方なれば大番頭さんや一番番頭さんの顔が見分けられ、短い昔話をなさるときがございます」

と言い足した。

「まさかかように病状が進んでおるとは考えもしなんだ」

と安左衛門が慨嘆したとき、総兵衛の口から
「一つとやぁ、一夜明ければにぎやかでにぎやかで、お飾り立てた松飾り松飾りぃ」

という一夜明ければのわらべ歌が漏れた。安左衛門が愕然《がくぜん》と主《あるじ》の顔を見た。

「四つとやぁ　吉原女郎衆は毛毬《けまり》つく毛毬つく、毛毬の拍子はおもしろやおもしろや」

と総兵衛の一夜明ければは、四番に飛んだ。

「総兵衛様のお体に障《さわ》ってもなりませぬ。参りましょうかな」

と光蔵が安左衛門を病間から遠ざけようとした。

「はっ、はい」

と応じた安左衛門がそれでも諦《あきら》めつかないのか、

「鳶沢村の安左衛門ですがな、江戸に駆け付けるのが遅れた分、総兵衛様の病に障りましたかな」

と呟き、ようやく総兵衛の枕辺から立ち上がった。


当代の総兵衛勝典が死の床に伏せる離れ屋の真下、地下城の大広間に三人の男たちが改めて対面した。

「道中、あれこれと総兵衛様の病状を想像して参りましたがな、これほど病が進行しておられるとは努々《ゆめゆめ》考えもしませんでした」

「で、ございましょうな」

「琉球の仲蔵さんが参られるまでにはあと七、八日かかろうか」

「安左衛門様、西国筋から江戸に回ってきた弁才船《べざいせん》の船頭に聞きますと、四国沖も紀州灘《なだ》も遠州灘も相模《さがみ》灘も穏やかにございますそうな。その分、風待ちすることが多いそうですが、うちの船です。なんとか風を拾って二、三日後には佃島《つくだじま》の沖に姿を見せるのではないかと願っております」

と信一郎が言った。

「信一郎、親父《おやじ》様も驚かれようぞ」

「はい、仲蔵は船の中で南無《なむ》大師《だいし》遍照金剛《へんじょうこんごう》を唱え続けておりますよ」

という信一郎の返答に二人の長老が頷いた。

短い沈黙が大広間を支配した。

「さて、光蔵さん、信一郎、九代目が身罷《みまか》った後のことはどう話し合われておりますな」

と安左衛門が江戸店の二人に問い質《ただ》した。光蔵が信一郎を見て、信一郎が、

「私から説明申し上げます」

と前置きして、直系の血筋であった勝豊とその母親お香の運命を告げた。

安左衛門の顔が話を聞くにつれて暗く沈んだ。

「私もな、重吉に聞いて、十七、八年前のお香さんの始末を思い出しましたよ。そうでしたか、勝豊は十代目を担《にな》う器ではございませんでしたか」

「安左衛門様、器どころか十七歳にして一端《いっぱし》の悪党でございました。いえ、われらが一族の祖、鳶沢成元様も一時《いっとき》は野盗の頭を務めていたほどにございます

ので、悪党が一概に悪いとは申しません。それどころか修羅場を潜《くぐ》ってきた経験は、わが一族に得難いものかと存じます。ですが、勝豊は腐った魚にございます、一族の中に加わったとしたら、一族じゅうすべてが腸《はらわた》の腐った魚となり果てます」

「安左衛門さん、信一郎が申すこと、私も勝豊を見て異見はございませぬ」

「始末なされたのですな」

「今頃は江戸湾の魚の餌《えさ》に」

また沈黙が支配した。こんどは長い無言の時が流れた。

「さて直系男子がこれで消えた」

「安左衛門様、総兵衛様の周りに情けを交わした女性《にょしょう》はおられませぬ」

「妾腹《しょうふく》もおらぬと」

「はい」

「どういたしますな、光蔵さん」

「一族の中で一番血が鳶沢一族の頭領に近い者はだれですな」

「光蔵さん、旅すがら私なりに最悪のことを考え、系図にしてきました。じゃが、そのことは琉球の仲蔵さんが江戸に到着された折に披露したい」

光蔵が大きく首肯した。

「血に非《あら》ず」

と信一郎の口からこの言葉が漏れた。

「血に非ず、ですと、信一郎」

「いえ、総兵衛様の意識が確かのおり、大番頭さん、おりんさん、そして私の前で吐かれた言葉でございます」

「血に非ず、ですか。どう解釈すればよいのか」

「跡継ぎは血に非ず、と総兵衛様が身辺を見回してわれらに言い残されたように思いました」

「信一郎、血に非ずとはまた短い言葉ですな。たとえば血に非ずや、されど血筋は直系と言いかけた総兵衛様の力が途中で尽きたとも考えられる」

信一郎がなにかを答えかけ、

「いかにもさようかもしれません」

「安左衛門さんや、私もあれからあれこれと血に非ずの言葉の真の意味を考えました。また総兵衛様と長いこと過ごすおりんにも確かめました」

「ほうほう、それでおりんはなんと答えましたかな」

鳶沢村の村長《むらおさ》の姪《めい》がおりんだった。

「おりんも血に非ずとは、考え抜いた発言かと思うと答えておりました。なぜならば総兵衛様は朝の間お頭《つむ》が明晰《めいせき》に戻られるときがございますと申し上げましたな。されどその考えを明確な言葉にするために時間をかけることは、熱でかさかさに乾いた口ではできません。それで血に非ずと短い語に思いのすべてを込められたのではないかとおりんはいうのです」

「血に非ず、か」

と安左衛門が無意識に呟《つぶや》いた。

「一族の外にあっても十代目にふさわしい人がいれば跡継ぎとしてもよいと申されるか」

「安左衛門さん、それはいささか違うぞ。直系の血筋は絶えても、一族には数多《あまた》の同族の者がおろう。直系が絶えた今、一族から選べということではないかな」

「光蔵さん、いかにもさよう。われらは血の結束に生きてきた一族、直系は絶えても同族はおるでな」

と幾分安心したか、安左衛門が頷《うなず》いた。

「となると仲蔵さんが江戸に到着された直後に長老会を催し、総兵衛様にお認めになって頂かねばなるまいな」

「すでに諸々《もろもろ》の手筈《てはず》は整えてございます」

と信一郎が言い切った。

地下の大広間に鈴が鳴り響いた。信一郎が一階との隠し階段の下にいき、伝声管の蓋《ふた》を披《ひら》いた。

「雄三郎にございます」

「急ぎの用ですか」

「はい」

「下りてきなさい」

と信一郎が隠し扉の頑丈な閂《かんぬき》を外した。

雄三郎が姿を見せて神棚に拝礼すると、

「村長様、ご苦労に存じます」

と安左衛門に挨拶《あいさつ》した。

「雄三郎、火急の用ではなかったのですか」

と信一郎が厳しく雄三郎に詰問《きつもん》した。

「あ、はい。お店に主の総兵衛様に面談したいという者が参っております。主は湯治に出ておりますと答えますと大番頭さんにお目にかかろうじゃないか、と上がり框《がまち》にどっかと座っております」

「何者ですな」

「深川横川の荷揚げ人足の口入屋、安房屋宣蔵の番頭義助と名乗っております。されどとても商家の番頭とも思えず、渡世人の代貸といった風情《ふぜい》の男です」

「義助は一人ですか」

「いえ、用心棒に剣客を三人従えております」

「大番頭さん、私が応対してようございますか」

と信一郎が許しを請《こ》うた。

「信一郎、願いましょう。お香、宣蔵の口から義助にどんな話が漏れているとも限りません。念には念を入れてな」

畏《かしこ》まりましたと答えた信一郎が、雄三郎に、

「店座敷に通しておきなさい」

と命じた。


大黒屋の広い店の土間と板の間の後ろに塗り壁があって、その向こうに上客との応対に使われる店座敷と称する畳の間があった。

信一郎が店座敷に入ると、

「大番頭さんにしてはいささか若くはねえかえ」

と義助らしき色黒の男が言った。

「大黒屋の一番番頭にございましてな、お店のことはすべて裁量を主から任されておりますのでございますよ、義助さん」

「主の総兵衛さんに跡取りがいるという話なんだがね、むろん妾口《めかけぐち》だがね。おまえさんで分かるかえ、一番番頭さん」

「そのようなことですか。若いころの旦那《だんな》様は艶福家《えんぷくか》にございましてな、あち

らこちらに隠し子がおられるようで、私ども奉公人はその始末になれておりますんで」

「一番番頭さん、こちらに跡継ぎがいないことも、総兵衛旦那が死の床にあることも見通しての掛け合いだ。おめえらにとっても有難い話だろうが」

「義助さん、それはご親切に。ところでかような話はどこから入手されましたな。お聞かせ願いますか」

「そりゃ話の入手先は秘匿《ひとく》するのがこの世界の仕来《しきた》りだ。だが、こちらにいた女衆《おなごし》の筋からといったら、話が通ろうじゃないか」

「その筋ね。たしかおまえ様の旦那とお香は、そこにいる用心棒仲間に殺されたんじゃございませんか」

「ということに奉行所の調べはなっているがよ、どうもおかしいや。あの二人には旦那とお香さんを殺す度胸なんてありゃしねえ」

「ほう、そうでございますか。で、跡継ぎの話はどうなりました」

「とぼけやがって。総兵衛とお香さんがその昔、この屋敷で乳繰り合ってできた子が勝豊だ。こいつを差し出そうという話だ、どうだえ、乗るかえ」

しばし思案した体の信一郎が、

「乗りましょう」

「ほう、買ってくれるか。いくらだえ」

「商いの決まりは品を見てからにございますよ。勝豊様をこの場にお連れ下さい。真の血筋と分かれば五百両差し上げましょうか」

「一番番頭さん、五百両とはまた豪儀だな、真《まこと》の話だろうな」

「大黒屋の跡継ぎの話です、五百両でも安いくらいです」

信一郎が懐《ふところ》からすいっと袱紗《ふくさ》包みを出した。

「五十両ございます、本日のお運び賃にございます」

「一番番頭さん、こいつは五百両の内かえ外かえ」

「むろん五百両とは別口にございますよ、義助さん」

「さすがに大黒屋は太っ腹だ、驚いたぞ。ならばこの包金、有難く頂戴《ちょうだい》しよう」

と袱紗包みを乱暴に開いて二十五両の包金に手をかけた。その手を信一郎の手がふわりと抑え、義助は必死で抜こうとしたが抜けなかった。

「番頭さん、虚言《そらごと》を申されますと大黒屋、大人しい兎《うさぎ》から蛇にも虎《とら》にも変じますでな」

と睨《にら》み据えた。

義助がぶるぶると震えるほどの信一郎の豹変《ひょうへん》ぶりだ。

「わ、分かった。そんなことするものか」

と義助が答え、信一郎が手を放した。

客が去った後も信一郎は店座敷に残っていた。そこへ雄三郎が戻ってきて、

「あの者を尾行しなされ」

「華吉《かきち》に命じました」

ふむ、と請けた信一郎が、

「横川の安房屋に見張りを立て、当分昼夜の監視を願います」

と命じた。

二

安房屋の番頭義助と用心棒侍三人が向かった先は、吉原だった。大門を潜っ

た一行は大籬《おおまがき》西院楼に向かった。

刻限は昼遊びには遅く、夜見世には早い刻限だった。

「ご免なさいよ」

と用心棒三人を表に待たせて義助が西院楼の玄関の暖簾《のれん》を潜《くぐ》り、声を張り上げた。

遊女衆は、馴染《なじみ》客に文を書いたり化粧直しの最中で、楼の中には気怠《けだる》い空気が漂っていたが、帳場からすぐに足音がして、

「どちら様」

と西院楼の番頭の初蔵が訪《おとな》いの声に応じて姿を見せた。

「ちょいと早いが遊ばせてもらえねえか」

「おや、直《じ》きづけで、うちはやってないんでございますよ」

と驚きを隠した初蔵が断った。

直きづけはつっかけともいい、引手茶屋を通さない客のことだった。茶屋を通せば揚代も妓楼《ぎろう》での飲食代も支払いすべてが茶屋払い、遊郭は、客種に煩《わずら》わされることなく客を迎えることができた。だが、茶屋を通す分、遊び代は高く

なった。

また大籬に一見《いちげん》の客がくるなどということは吉原には滅多にない。初めてなら初めてでどこの何兵衛とて吉原に通じた人の紹介か同道があって、まず向かう先は何兵衛の馴染の引手茶屋だ。客が茶屋に寛《くつろ》ぐ間に目当ての楼に使いが出され、仕度万端が整えられた後に客は引手茶屋の案内で楼に向かう。支払いはすべて茶屋が保障した。

遊客は財布を引手茶屋に預けていき、楼では一切小判や小粒を見せる野暮はしない。

それが吉原の仕来りであり、大籬の格式だった。

「どちらか馴染の引手茶屋はございませんので」

「なにっ、一々茶屋を通さなきゃあ楼にも上げてもらえないのかい。つっかけがあるじゃないか」

義助が不満顔で吐き捨てた。

「うちでは一見さんの直きづけはやってないもので。なんでしたら仲ノ町の引手茶屋をご紹介申し上げましょうか」

初蔵は、野暮客を引手茶屋が上手に断るだろうと考え、そう言った。

「番頭さん、金はあるんだがね、なりをみちゃいけねえな」

「いえ、そんなことではございませんので。これは吉原の仕来りにございましてな」

ちえっ
と義助が吐き捨て、

「折角この楼に勤める男衆《おとこし》にいい顔をさせてやろうと訪れたのにこれだ。番頭、勝豊を呼んでくれないか、面《つら》を見ていこうか」

「おや、勝次のお知り合いにございましたか」

初蔵は過日大黒屋の大番頭と一番番頭が揃《そろ》って姿を見せた事情を承知していた。だからといって、

「もはや勝次は楼にはいない」

とは答えなかった。大黒屋に義理を立ててのことだ。

「ただ今、勝次は使いに出ておりますがな、おっつけ戻ってきましょう」

と応じ、初蔵は、

「勝次の知り合いとあらば、最初《はな》からそう言えばいいじゃないですか。夜見世の刻限にはいささか早うございますがな、座敷に上がり、いっぱいやってて下さいな。頃合いになれば花魁《おいらん》衆の二階座敷にご案内しますでな」

と態度を変えた。義助は、

「最初からそうやってくれれば、おれだって気持ちよくこちらに上がれたんだよ」

と機嫌を直した。

「お一人で」

「いや、三人仲間がいる」

義助は暖簾の向こうに顔を突き出した用心棒侍を呼んだ。入ってきた三人を見て、

(やっぱりこれは大黒屋さんにご注進だよ)

と算段を考えながら、

「遊び慣れたお客様は財布ごと帳場に預けていくものですがな、そうなさいますか」

「なに、座敷で女郎に心付けも渡せないのか」

義助は見栄を張った。

「大見世の座敷で小判を見せるのは野暮にございますよ」

「紀伊国屋文左衛門なんぞは小判を座敷に撒《ま》いたというじゃないか」

「紀伊国屋さんほどのお大尽なれば別格、その代わり吉原のご法度《はっと》を破るお代は高うございますよ。廓《くるわ》総揚げでございますからまず千両箱は要りますな」

と初蔵は義助を脅すと、

「どうしてもお座敷でお大尽遊びの真似《まね》がしたい場合は、引手茶屋で一枚一両の色紙をお求めになりましてな、それを花魁に渡して、後々花魁は引手茶屋で小判に変えるという仕組みがございます」

と説明し、語を継いだ。

「お客様、どうしてもと仰《おっしゃ》るのでしたら、百両ほども私にお預け下さい。使いを走らせ、茶屋で変えて参ります」

「やめておこうか。今日は女郎の顔より勝豊の面を見にきたんだ」

「ならば座敷にご案内しましょうかな」

初蔵自ら二階の奥の小座敷に四人を通して、帳場に戻ると急ぎ大黒屋の大番頭に向けて文を走り書きし、男衆の一人に、

「富沢町の大黒屋さんまで急ぎ走りなされ」

と命じた。

西院楼の使いは四半刻《しはんとき》（三十分）後には、大黒屋の店に飛び込んでいた。

「わっしは吉原の者ですが、大番頭さんにお目にかかりとうございます」

「吉原の男衆な、で、どちらの」

と帳場格子《ごうし》から光蔵が汗を光らせた男衆を見た。

「西院楼にございます」

「ほう、西院楼さんね、で、ご用件は」

「文にございます」

と差し出す書状を信一郎が受け取り、光蔵に渡した。

封を披《ひら》いて速読した光蔵が信一郎に文を渡した。

信一郎は光蔵よりも早く短い書状を読み通すと、

「大番頭さん、私が手代の九輔を伴い、吉原に参ります」

と応じた。

「そうしてくだされ」

と万事飲み込んだ光蔵に会釈《えしゃく》した信一郎が、

「男衆、ちょいと待ってくれませんか、仕度を致しますでな」

と願った。

吉原江戸町二丁目の大籬の西院楼の座敷で義助がぼやいていた。

「風通しの悪い座敷でいつまでも待たせるじゃないか。膳《ぜん》に出されたものは酒と丼《どんぶり》に古漬けがてんこ盛り。なんだい、大籬だなんて格式張りやがった癖に、この膳はなんだ」

「義助どの、吉原の妓楼では料理を外からとると聞いたことがある。そなたに負担をかけまいと楼の酒と古漬けを出したのではないか」

と用心棒の一人北村某が義助の態度を気にしたように言った。

「吉原だ、御免色里だといっても櫓下《やぐらした》の女郎屋に変わりはねえや。なんだい、この扱いは」

まあまあ、そう申すなと北村が追従《ついしょう》するようになだめた。

「それにしても吉原の楼を総揚げにするのに千両箱がいるものか」

「千両なんて夢のまた夢じゃのう。一生縁がないどころか拝むこともあるまい」

「北村様、その内、拝ませてご覧に入れますよ」

「そんな秘策があるのか、番頭どの」

「この家に奉公している勝豊、ここじゃあ勝次と呼ばれてますがね、こいつの父親《てておや》は、だれだと思いますね」

「お袋は死んだお香であろうが、父親までは知らぬな」

「驚きなさるなよ、大黒屋の旦那《だんな》が勝豊の父親だ」

「大黒屋は江戸でも有数の分限者《ぶげんしゃ》だぞ。ははあーん、最前大黒屋を訪れたのはその掛け合いであったか」

「いかにもさようです。古着問屋なんて、荒くれ人足を使う口入屋に比べたらちょろいものだ」

「いや、よからぬ噂《うわさ》もあるぞ」

「どういうことですね」

と義助が猪口《ちょこ》の酒を舐《な》めながら北村に聞いた。

「裏の貌《かお》があるといった噂だ」

「古着屋なんて汚れ商いにはついて回る与太話ですよ。ともかくです、総兵衛は死にかけてやがる。だが、跡継ぎはいない」

「そうか、お香の伜《せがれ》を大黒屋に売り込むつもりか」

「店に連れてきたら五百両を差し上げるとあっさりと応じやがった。掛け合いはこれからが本式、値は何倍も吊《つ》り上げてご覧にいれますよ」

「というのはただだ。勝豊を連れていって、草鞋《わらじ》銭で追い出されるということもある」

「いえ、大黒屋にとって跡継ぎは金に換えがたい話なんですよ。ここんところ大黒屋の商いが左前になっているという話ですがね、腐っても鯛《たい》、蔵の中には千両箱がうなってますって」

「それにしても愛想がないのう」

たのだ。

どこからともなく三味線の爪弾《つまび》きが聞こえてきた。夜見世が華やかに始まっ
「遅いな、くそっ」

と罵《ののし》り声を上げた義助がぽんぽんと手を叩《たた》いた。

義助らが入れられた隣部屋に大黒屋の一番番頭の信一郎、手代の華吉、それに猫の九輔と仲間内で呼ばれる手代の九輔の三人が聞き耳を立てていた。

華吉は義助ら四人を尾行して吉原の西院楼に辿《たど》りついた。だが、四人がなかなか戻ってくる様子がないことに華吉は出入りの商人を装《よそお》い、番頭の初蔵に会うと身分を明かした。

「うちもね、使いを富沢町に走らせたところですよ」

「お気遣い有難うございます。義助め、どうしてます」

「大黒屋さんの指示を得てと思い、階下の小部屋に押し込めてございます」

「番頭さん、私をその隣部屋に入れさせてもらえませんか」

「簡単なことですよ。その内、富沢町からなんか連絡がございますって」

と初蔵が答えながら、義助らの隣部屋に華吉を入れた。それから半刻（一時

間）後、信一郎と九輔が駆け付けてきたというわけだ。

そんな部屋に初蔵が姿を見せた。

「あいつらもいらいらし始めております。どうしたもので」

「こちらの御寮はどちらにございますな」

「鐘《かね》ヶ淵《ふち》にございますがな、それがなにか」

と過日は無口だった一番番頭に聞き返した。

「あの四人を鐘ヶ淵の御寮に案内させてくれませんか、勝豊があちらにいるといえば義助も話に乗るでしょう。それに船は今戸橋際《ぎわ》に用意して送らせるといえば飛びつきましょう」

「船をね、船宿はどちらにしましょうか」

「うちの船を待たせてございます。舳先《へさき》と艫《とも》に竹竿《たけざお》が立てられた猪牙舟《ちょきぶね》より大きな船でございましてね、竹竿に吊られた提灯《ちょうちん》に○の中に鳶《とび》の一字が書き込んでございますゆえ、すぐに見つけられましょう。あとは私どもにお任せ下さい」

と信一郎が初蔵に願うと、九輔、華吉を伴い、西院楼の台所の裏口から路地へと姿を消した。

今戸橋際に○に鳶の字が書かれた提灯を下げた変わった形の船が止まってい
た。長さは五間半(約一〇メートル)、櫓《ろ》の他に帆まで張れるようになっていた。

だが、帆柱は船中に寝かされたままだった。

「あれですよ。あの船がうちの御寮まで送って参りますでな」

と初蔵に案内された義助らが船に乗り込み、船頭三人の船はすぐに今戸橋を
離れると、隅田川に出て上流を目指した。

「なんだか、あの番頭に丸め込まれた感じだぜ」

と義助がぼやいた。

「吉原の大門を潜《くぐ》りながら一夜遊べなかったのはなんとしても残念じゃ」

「浅見様、この次ですよ、お大尽遊びは」

「そうなるとよいがな」

江戸湾の方角から風が吹き上げていた。

「ご免なせえよ」

と船頭二人が帆柱を手際よく立てた。

一見川越船に似ていたが、大黒屋の新造船は異国の早船を模して造らせたもの、舳先が上がり、船足がありそうなかたちをしていた。

帆が風を拾い、ばたばたと鳴った。

「義助、大黒屋と戦うのは容易なことではないぞ。今の内われらの腕に値をつけておいてくれぬか」

と今まで無言だった壮年の用心棒剣客猪谷《いがや》が言った。

「猪谷様、勝豊をえさに大黒屋からどれだけ吸い出せるかによりますがな、吸い上げた金子の一割をお三方に差し上げます」

「一人ずつに一割か」

「滅相もない、三人で一割です」

「義助、そなた一人で九割を懐《ふところ》に入れようという魂胆か、阿漕《あこぎ》よのう」

「この話、今やおれしか知らない話だ。こいつをネタに大黒屋との交渉の矢面に立つのはおれですぜ、危ない役だ。当然、それくらいの分け前がなけりゃやっちゃいられません」

「おれは下りた」

「猪谷様、五百両の一割がいくらかご存じですか。五十両ですぞ」

「それを三人で分けよと申すか」

用心棒侍の頭分猪谷の言葉に二人も賛意を示した。

「今さらこの期《ご》に及んで止《や》めるなんて言わんで下さいな。いいです、いいなりに一人頭一割を出しましょう」

「いいなりじゃと、まだわれらが言い値は申しておらぬ」

「ならばいくらで」

「そなたが企てた話じゃ、尊重して五割をとれ。それがしがその半分の二割五分、浅見と北村で残りを等分に分けよ」

「そいつはひどいや」

と義助が叫んだが、もはや大勢は決まった感があった。

「仕方ねえや」

と義助が叫んで応じた。

「ちょいとご免なさい」

と船頭の一人が帆柱にするすると上がった。

「かような船、見たこともないぞ」

と浅見が呟《つぶや》いた。

「そろそろ鐘ヶ淵にございますよ」

と艫に立った船頭が三人に教えた。

「行き先は西院楼の御寮だぜ、船頭さん」

「いえ、行き先が違います」

「行き先が違うってどういうことだ」

「地獄にございますよ」

「なんだと、てめえはだれだ」

と叫びながら義助が立ち上がり、船頭をにらんだ。

「おめえは大黒屋の一番番頭だな」

「はい、この船はそなた方を三途《さんず》の川に送る渡し船にございます」

「先生方」

と叫んだ。そこへ先が輪になった縄がするすると下りてきて、義助の首にか

かると、きゅっと絞められたと同時に、義助の体が、
ぴょん
と虚空《こくう》に向って飛び上がった。

猫の異名の身軽な九輔が綱の端を手に帆桁《ほげた》から飛び降りたからだ。

「やはり大黒屋は並みの商人ではなかったな」

と刀を手にした猪谷が言い、艫に立つ信一郎に間合を詰めた。

九輔は縄を離すと疾走する帆船の船縁《ふなべり》に足をかけ、ひょいと身を躍らせると立ち上がった浅見の首に両足をかけて胴ノ間に引き倒し、ぐぐっと締め上げると首の骨がぽきりと折れる音がした。

華吉は残る北村某に迫っていた。

脇差《わきざし》を抜いて構えた北村に対して華吉は一見素手に見えた。

「勇ましいのう。素手で小太刀にはいささか自信の北村清源に立ち向かうつもりか」

華吉は何も答えない。その代わり口から白い光が筋になって飛び、北村の両眼を射た。含み針が目玉に突き立った北村が立ち竦《すく》んだ。その体の脇にふわり

と回った華吉が首筋の急所、盆の窪《くぼ》に手に隠し持っていた畳針を落とし込んだ。

艫に立った信一郎が舵棒《かじぼう》を大きく横に振った。すると船が左舷《さげん》側に転進して猪谷はよろめき、必死で倒れるのを防ごうと踏ん張った。

その視界に信一郎の体が宙を飛んでくるのが見えた。そして長い足が首筋をがくんと強打すると猪谷を流れの中に落とした。

「九輔、華吉、始末はつけたか」

「はい、義助を流れに放り込むだけです」

「死人には六文銭で十分、懐の五十両、返してもらいましょうかな」

と信一郎が九輔に命じて、舵棒に手をかけ、ゆったりとした反転作業に移った。

三

琉球首里にある大黒屋の出店に使いに出た二番番頭の参次郎が、琉球店の所蔵船、六代目総兵衛時代の名残の第三大黒丸に便乗して、琉球店の総支配人仲蔵を連れて戻ってきたのは、出立からすでに四十五日が過ぎていた。

和船の大きさでいえば二千石船級の第三大黒丸は、江戸湾深くまで入ることはできなかった。

江戸幕府大船建造禁止令に反するために江戸湾口浦郷村深浦湾の船隠しに入り、仲蔵と参次郎ら限られた人間が、江戸湾内の運航に使われる琉球型小型帆船に乗り換えて入堀をめざした。

刻限はすでに五つ半（午後九時頃）を過ぎていた。

一行は一気に大川河口から永代橋を潜《くぐ》り、入堀に入った。

信一郎の実父でもある仲蔵は、琉球からの航海の間、ずっと船室に閉じこもり、船魂様や自ら信仰する真言密教の祖空海の別名、遍照金剛を讃《たた》える言葉である、

「南無大師遍照金剛」

を唱え続けてきた。

帆を下ろした早船が入堀に入ったとき、仲蔵が、

「ああ」

と悲鳴にも似た声を漏らした。

行く手の富沢町界隈《かいわい》は夜目にもわかるほどに暗雲が覆《おお》い、気の流れが停滞していたからだ。まごうことなく死の予兆だった。

「総兵衛様、仲蔵は不忠者にございました。総兵衛様の苦しみのときに香港《ホンコン》に仕入れに行っておりました、ために参次郎から報告を受けようにも受けることができず、光蔵さんらをいらいらさせましたな」

と呟いた。そして、胸の中で、

「総兵衛様、死んではなりませんぞ、異国渡りの薬を持参致しましたでな、この薬を飲めば必ずやお元気になりますぞ」

と願った。

「仲蔵様、船隠しに入れます」

「願おう」

参次郎の問いかけに琉球店総支配人の貫禄《かんろく》に戻した仲蔵が応じた。

船頭は前後を見回し、船がいないことを確かめると栄橋の暗がりに舳先を突っ込むと同時に一気に左舷側から櫂《かい》を突っ込んだ。すると早船が、
くるり

と四分の一回転して船隠しの通路に舳先を入れ、前方の石垣が左右に割れて大黒屋富沢町の船隠しに入っていった。

石垣が左右に割れたということは、船隠しの内部から常に入堀を往来する船を見張っていることを意味した。ために大黒屋の所蔵船の到来と分かり、即座に対応できたのだ。

石段の船着場に早船が到着する前に仲蔵は立ち上がった。が、その体が竦んだ。

地下城の大広間に人の気配を感じたからだ。

（なんぞ集まりが行われているのか、もしや）

と仲蔵がよからぬことを考えたとき、船隠しの石垣の上に人影が立った。そして、船隠しに入った船とその舳先に立つ人物を見た人影が走り下りてきた。

実父仲蔵の出迎えに走る信一郎の姿だった。

「親父様《おやじ》」

「信一郎、総兵衛様はいかに」

「親父様、なんとか」

信一郎は間に合いましたという言葉を口にし切れなかった。

「生きておいでか」

信一郎は何度も首肯した。

「ありがたや、お大師様のお蔭《かげ》じゃぞ。会いたい、会うことができようか」

「総兵衛様、すでに地下の大広間にお移りにございます」

「なんとそれほど切迫しておったか」

大黒屋の当主が死に臨んだとき、離れ座敷から地下の大広間に移される。

九代目総兵衛の身が地下の大広間にあるということは今日明日にも身罷《みまか》るという想定のもとでの移動だった。

「信一郎、案内してくれ」

倅《せがれ》の先導で父は船隠しから鳶沢一族の江戸居城の大広間に入った。

ここは普段は大黒屋の奉公人に身を窶《やつ》している鳶沢一族の者たちが顔を揃《そろ》える集まりや毎朝の武術の稽古《けいこ》に使われる場所だった。

鳶沢一族の人間は普段は商人の顔をしていたが、一旦《いったん》ここに集うとき、隠れ旗本鳶沢一族の武士《もののふ》に変わった。だが、このところ総兵衛が病に臥《ふ》せっていることもあって朝稽古は大広間では行わず、一人ひとりがそれぞれの方法で鍛錬に励んでいた。

総兵衛の寝床は高床に造られていた。

高床の左右には初代鳶沢成元、六代目鳶沢勝頼の坐像《ざぞう》が置かれ、枕辺《まくらべ》に大番頭の光蔵、鳶沢村の村長《むらおさ》安左衛門が控え、鼾《いびき》をかいて眠る総兵衛の傍にはおりんが控えていた。

仲蔵は二人の長老に慌《あわ》ただしくも会釈《えしゃく》をなすと枕辺に坐した。

「総兵衛様、琉球店の仲蔵にございますぞ」

と悲痛な呼びかけの声が響いた。

「使いの参次郎には罪はございません。私めが香港に仕入れに行っていたばかりに江戸に馳《は》せ参じるのが遅れてしまいました。仲蔵は不忠者です、お許し下さい」

と肺腑《はいふ》を抉《えぐ》るように言葉を絞り出した仲蔵が総兵衛の夜具の上に置かれた手に触れた。

「なんとお労《いたわ》しい、かほどに瘦《や》せられましたか」

総兵衛の手を自らの両手で包み込んだ仲蔵の嘆きは続いた。

ふうっ
鼾《や》が止んで総兵衛が大きな息を吐いた。

総兵衛の身近で介護をしてきたおりんが、
はっ
と身を竦ませた。

死の時、一瞬の穏やかさが戻ると聞いていたからだ。

総兵衛のこけ落ちた頬の顔が動き、再びふうっと弱々しく息を吐いた。するとその場に死の臭《にお》いが漂った。

「総兵衛様」

と光蔵も呼びかけた。すると総兵衛の両眼が見開かれた。

「光蔵にございます。ここに鳶沢村の安左衛門様も琉球の仲蔵さんも長駆駆け付けてこられましたぞ」

総兵衛の魂がこの世から遠ざかるのを呼び戻すように光蔵が叫びかけた。

この時、総兵衛勝典は夢を見ていた。

安永十年（一七八一）が天明元年と変わった春、大黒屋に若い娘が奉公に入った。

十五歳のお香だった。

勝典がお香を初めて見かけたのは、老女のおはまに連れられて中庭を囲んだ廊下をおずおずと歩く姿だった。おはまの声が風に乗って離れ座敷で習字に励む勝典の耳に届いた。

「お香、そなたは離れ屋に入ってはなりませぬ、よいな」

お香の返事は勝典に聞こえなかった。それから数日後、勝典は中庭の老桜が満開に咲き誇る枝の下で娘を見かけた。

「お香か」

「はい」

か細い声で答えたお香の憂《うれ》いを秘めた眼差《まなざ》しに勝典は惹《ひ》かれた。

「お香、私を承知か」

「はい、若旦那《わかだんな》様」

「よろしくな」

「命がけでご奉公致します」

けな気に答えるお香の返答に勝典が笑った。それに誘われたようにお香も微笑《ほほえ》み返した。

風が中庭に吹き込んできて桜の花びらを散らした。するとお香の髪に、肩に、掌《てのひら》に花びらが舞い散って娘を薄紅色に染めた。

夢のなかで勝典はあの出会いがなければ、と考えていた。そう、あの出会いさえなければ大黒屋の今の苦しみはないものを、大黒屋九代目総兵衛勝典は死の床で後悔していた。

総兵衛はその言葉を吐き出そうと最後の力を振り絞った。

総兵衛の目玉が緩慢に動き、口から言葉が漏れた。

「血に非《あら》ず」

江戸店の幹部がすでに一度聞いた言葉が再び漏らされた。むろん仲蔵は初めて聞く言葉だった。

「総兵衛様、血に非ず、しかと承りました」

と光蔵が応じ、さらに問いかけた。

「跡継ぎがことにございますな」

総兵衛の口が反応をみせようとしたが声にはならなかった。

総兵衛は、だれの目にも最後の力を使い果たしたかに見えた。

「われらが進むべき道を教えて下され、総兵衛様」

と安左衛門が願った。

「せめてもう一語なりとご遺志をお伝え下され」

と光蔵が乞《こ》うた。

だが、答えは返ってこなかった。その代わりに目が瞑《つむ》られ、最前よりも弱々しい鼾が断続的に聞こえてきた。

「皆様、総兵衛様、お疲れにございます。しばらくお休みさせて下さいまし」

とおりんが願った。

長老三人が高床を下りて大広間の中央に配された三つの円座に腰を下ろした。

その場に信一郎が加わった。

「仲蔵さん、さぞ航海の途次も気をもまれたことであろうな。仕入れは大黒屋の欠かせぬ業務、致し方のないことにございますよ」

と光蔵が仲蔵の気持ちを察していった。

「いや、いささか江戸のことを放念していたのかもしれませぬ。かような大事の折に異国に仕入れ旅をするなど、仲蔵の勘が衰えたということです」

仲蔵がなにかを覚悟したように応じた。

その時、大広間に鈴の音が響き、信一郎が立っていった。

「光蔵さん、安左衛門様、跡継ぎのこと、あてがございますのか」

「仲蔵さん、それですよ。これまでの経過をそなたに話しておきましょうかな」

と前置きした光蔵が総兵衛の病状が重篤《じゅうとく》だと桂川甫周《ほしゅう》蘭医によって診断された日からの行動を順繰りに話し始めた。

その途中に茶を載せた盆を運んで信一郎が戻ってきた。

三人の長老の前に熱い茶が供され、船旅を続けてきた仲蔵が茶碗《ちゃわん》を握り、無意識の内にすすった。だが、耳は光蔵の話に集中していた。

光蔵が話し疲れた様子を見せたとき、信一郎が素早く代わった。心労が続く長老と違い、信一郎の口調は淡々としてはっきりとしていた。

二人の話がおよそ半刻《はんとき》（一時間）以上も続いたか。

「光蔵さん、安左衛門さん、われらが置かれた難儀、とくと分かりましてございます。それを受けて、最前総兵衛様が無意識の裡《うち》に漏らされた、血に非ずの言葉の意味をどう受け取ればよいのか、皆さんのお考えをこの仲蔵に教えて下され」

光蔵が頷《うなず》き、

「われら、そなたが参られるまで敢《あ》えて煮詰めることをしておりません。長老三人が揃わねば最終決定は出されませんからな。仲蔵さんが来られる前に江戸で道筋をつけることは避けました」

「有難うございました」

「仲蔵さん、私はただ今二度目に血に非ずの言葉を耳にし、跡継ぎは血に非ず、つまり直系に拘《こだわ》るな、一族の中でふさわしい人物がおれば、その者に十代目を継がせよとの意味といよいよ悟りました」

「私の考えもそう光蔵さんと異なってはおらぬ。じゃが、鳶沢九代直系の嫡子《ちゃくし》で継承してきた事実は重うございますでな、どこぞに勝典様の血筋がおられればと願うだけです」

「およそのお二方の考え、分かりましてございます」

「総兵衛様がお元気な頃、琉球に二度ほどお見えになりました。そこで参次郎の話と光蔵さんの書状を読んで、若い日の総兵衛様が馴染《なじ》みになった琉球女を二人探し出して調べました」

「ほうほう、そのような女性《にょしょう》がな」

と光蔵が円座から身を乗り出した。

「光蔵さん、そのやえと華栄という二人の女も今では所帯を持ち、幸せに暮らしておりましてな、子も三人と五人とそれぞれなしておりました。じゃが、総兵衛様が琉球を訪ねられた折より子らの年には数年の差がございまして、明らかに総兵衛様の子ではございませんでした」

「琉球とは考えなかったが、それにしても残念かな」

と安左衛門が呟《つぶや》いた。

「これで振り出しに戻ったわけだ」

と光蔵が言い、

「仲蔵さん、血に非ずをどう解釈なされますな」

と聞いた。

「私もな、血に非ずは直系に拘るな、一族の中から血筋に近い人物を十代目に選べと理解しましたがな」

「やはりそうか、そうなると安左衛門さんの考えが重要になってくる」

と鳶沢村の長老に視線を向けた。

「光蔵さん、仲蔵さんや、総兵衛勝典様の直系をこれ以上探したところで無理ということは分かった」

「おおっ、安左衛門老もわれらが考えに賛意を示されたか。そうなれば鳶沢一族の中から十代目を選ばねばならぬ」

「それも総兵衛勝典様のご最期《さいご》の前にな」

と安左衛門が応じて、視線を高床の総兵衛に向けた。

そのとき、安左衛門は、中興の祖の勝頼の像から立ち上った幻を見た。いや、七つの時に会った勝頼がそのまま立ち上がったようで思わず、

「勝頼様」

と声をかけた。その声に勝頼が振り向くと、

(安左衛門、事を決するに性急がいかぬ、ゆったりと構えてすべてを検討せえ)

という声を聞いた。

「いかにもさようでした」

と頷く安左衛門に、

(じゃが、手順ばかりに拘泥《こうでい》してもならぬぞ)

「どういうことにございますな」

(そなたらが選んだ決め事が一夜にして覆《くつがえ》ることもある。そのときは、己の胸に素直に問いかけよ、さすれば必ずや啓示があろう)

「ご忠告、安左衛門、胆《きも》に銘じます」

と安左衛門が答えると勝頼の幻影は坐像へと戻っていった。

「安左衛門様、だれと話しておられた」

と光蔵が尋ねた。

「ただ今か、六代目の勝頼様となに、勝頼様じゃと、安左衛門様もだいぶ疲れておられる」

「光蔵さん、そなたらの眼には見えなんだか、勝頼様のお姿が」

「いや、見えるものか。のう、仲蔵さん」

「残念ながら私にも」

「ということは安左衛門様お一人に見えたということか」

安左衛門の視線が信一郎にいった。

「六代目勝頼様が安左衛門様に、事を決するに性急がいかぬ、ゆったりと構えてすべてを検討せよと申されました」

「なんと、信一郎、そなたも勝頼様を見たか」

「親父《おやじ》様、確かに坐像の勝頼様が立ち上がられたのが見えました。また勝頼様は、手順ばかりに拘泥してもならぬ、さらに、そなたらが選んだ決め事が一夜にして覆ることもある。そのときは己の胸に素直に問いかけよ、さすれば必ずや啓示があろう、と申されました」

「いかにもさようぞ、信一郎」

と安左衛門がにんまりとした。

「六代目勝頼様のご託宣があったとはな、なぜ安左衛門老と倅《せがれ》の信一郎だけがお姿に接し、お言葉を聞くことができたのか」

と仲蔵が自問した。だが、答えは出ないのか、それ以上のことは言わなかった。

「仲蔵さん、六代目総兵衛勝頼様を知っておられるのはわれらの中で安左衛門老だけだ。じゃが、なぜ勝頼様が身罷《みまか》られて三十数年後に生まれた信一郎が言葉を聞き、お姿を見たかじゃ」

「光蔵さん、なんとも不思議なことよ」

安左衛門が三人の長老の座る円座の背後に控える信一郎に、

「行灯《あんどん》をもそっと手近に」

と命じ、信一郎が運んでくると自分と父親の仲蔵の間に座らせた。そして、懐《ふところ》から絵図面のような、折り畳んだものを出して広げた。

「われら鳶沢一族で本家に近い人物は鳶沢村に四人、江戸店に三人おる」

と言いながら、複雑な系図に赤字で書いてある名を指した。

「この際、名は上げんで検討したい。一から七まで、番頭、久能山衛士《くのうざんえじ》、手代、小僧と散らばっておる。一番本家の血筋に近いのは久能山衛士じゃが、私が見るところ鳶沢一族を率い、大黒屋の旦那《だんな》として商いを統率する器にはほど遠い」

「年齢はいくつかのう」

「光蔵さん、二十二歳でな、これからあの者を大黒屋の十代目、鳶沢一族の頭領に育て上げるにはいささか年を食い過ぎておろうな」

安左衛門の判断に光蔵と仲蔵、二人の長老が頷いた。

「さて、血筋がいささか遠い近いは別にして、残りの六人の中に十代目総兵衛様に就くにふさわしい人物がおるか」

と安左衛門が三人を見回した。

光蔵がまず顔を横に振り、仲蔵が光蔵に賛意を示す首肯をした。

「これでいよいよわれら、新しい頭領を失うた」

「安左衛門老、あなたはわざとこの系図から琉球を外されたな」

「いや、すべてを網羅したつもりじゃがな、光蔵さん」

「なぜこの場にある信一郎を加えなんだ」

「信一郎はすでに長老に準ずる位置にある」

「それだけに頭領に一番近いといえる」

安左衛門と光蔵のやり取りに無言を通したのは信一郎の父親の仲蔵だった。

「信一郎、そなた、どう思いなさる」

「私の祖父信之助は六代目の下で一番番頭を務め、琉球店の初めての支配人にございました。六代目と祖父は従兄弟《いとこ》ゆえ、私も本家の遠戚《えんせき》にございます。ですが、此度《こたび》のこと、総兵衛様を選ぶ側に徹しとうございます」

と信一郎が応じていた。

「となるとすべてが消えた」

「いえ、勝頼様のお告げどおりにゆったりと構えて、十代目を選びましょう。それが大黒屋、鳶沢一族のおためになることです」

「総兵衛様ご最期の時までに啓示がおりようか」

と光蔵がだれにとはなしに問い、安左衛門老が、

「さあてのう」

と首を捻《ひね》った。

四

琉球から仲蔵が到着した日の夜半から総兵衛の容体が急変した。

蘭医桂川甫周が呼ばれ、一旦《いったん》二階の離れ座敷に身を移された総兵衛の脈を診た。だが、もはや施しようはないとみえて枕辺《まくらべ》に座る三長老に黙礼すると、

「もはや総兵衛様の命運、私の手から神仏の御心に委《ゆだ》ねられました」

と小声ながら告げた。

光蔵がなにかいいかけたが言葉にはしなかった。

だれの目にも総兵衛勝典の命運が尽きているのは分かっていた。

桂川甫周は大黒屋がただの古着商人ではないことを薄々承知していたので、臨終の時を迎える前に立つことにした。

大番頭らが感謝の意を込めて頭を下げ、一番番頭の信一郎が桂川医師を店の

広土間に入れられた駕籠《かご》まで送っていった。

内玄関で草履を履いた桂川医師に信一郎が、

「先生のお心遣い、大黒屋一同忘れることはございません」

と丁寧に腰を折って低頭すると、

「力及ばず残念至極にございました」

「私ども、春先の風邪を引いた折になぜ桂川先生の往診を願わなかったか、取り返しのつかない失態に後悔を致しております」

「一番番頭さん、いや、信一郎さん、こうなると総兵衛様は寿命と思うしかございません。業病に取りつかれたのです」

奥医師桂川の言葉に信一郎が小さく頷き、

「薬石料にございます」

と袱紗《ふくさ》包みを桂川の手に渡した。それを受け取った桂川はずしりと重い包みに、信一郎を見た。

「いささか多すぎる薬石料ですな」

「法眼《ほうげん》という高位にある桂川甫周先生のお手を煩《わずら》わせたのでございます、なんのことがございましょう」

桂川は大黒屋の秘密を外に漏らさぬ口止め料も入っているかと考え、受納することにした。

「先生、どのようなことでもようございます。先生がお困りになったとき、大黒屋に一言声をかけて下さいませんか。先生の代わりに悩みを私どもが取り除かせて頂きます」

と信一郎が言った。

「大黒屋さんの一番番頭さんの言葉、桂川甫周心強く聞きました」

桂川が三和土《たたき》廊下を抜けて店の広土間に出た。すでに大戸が開かれて、桂川の乗り物が土間に入れられていた。

桂川はその場に集まる奉公人に会釈《えしやく》し、最後に信一郎に黙礼すると乗り物に乗り込んだ。

桂川の乗り物が大黒屋から消えた後を鳶沢一族の者たち五人が闇《やみ》の中から追った。むろん危害を加えるためではない。大黒屋の九代目総兵衛の最期を城中の敵が見張っているとも限らぬと思われたからだ。

一番番頭の信一郎が三番番頭の雄三郎に命じて屋敷まで見送らせたのだ。

大戸が閉じられた。

がらんとした土間から板の間に大黒屋の奉公人にして鳶沢一族の面々が集まっていた。

信一郎は一同を見回し、

「ご一統、戦衣に着替えなされ」

と命じた。

この一語で一族の者は総兵衛の最期が迫ったことを知った。

「参次郎、総兵衛様のお体を再び地下に下ろす。指揮しなされ」

はっ、と参次郎が畏《かしこ》まり、無言裡《り》に鳶沢一族が動き出した。

店の土間に信一郎だけが残った。

がらんと片付けられた店を見回した信一郎が、

「なんとしても十代目の総兵衛様をお迎えせねばならぬ」

と呟《つぶや》くと、その場を後にした。

奥医師桂川甫周国瑞《くにあきら》の屋敷は深川にあった。乗り物は栄橋を渡り、久松町から武家地を抜けて薬研《やげん》堀に出ると柳橋に向かう。両国橋を渡るためである。

桂川の乗り物の前後に人の気配がした。この数十年、鳶沢一族とことあるごとに敵対してきた城中御庭番の見張りと思えた。前後から桂川の乗り物に一気に詰めて、甫周に総兵衛の最期を確かめようとした。

三番番頭の雄三郎は、海老茶色《えびちゃいろ》の戦衣の腰に直刀を一本差し込み、小僧の銀次を従えて、薬研堀端の料理茶屋の梲《うだつ》の陰に身を潜めていた。

眼下に二人の人影が現れた。羽織を着た武家と同心風の男だった。

銀次が懐から鉤《かぎ》の手の着いた縄を出すと薬研堀の老柳の幹にひょいと投げて絡《から》ませた。くいくいと引っ張った行為に柳が揺れた。その縄を雄三郎が銀次から受け取った。

下の二人は、風もないのに揺れる柳の枝を見た。

その瞬間、雄三郎が綱に身を託して料理茶屋の梲の陰から身を躍らせると、小僧の銀次が、

ひょい
と雄三郎の背に負ぶさり、二人は虚空《こくう》を飛ぶと桂川家の家紋入りの提灯《ちょうちん》の灯りが十数間先に迫ったのを見ながら、虚空で綱を離した。さらに背中の銀次が雄三郎の大きな背から離れて、二つに分かれた影は蝙蝠《こうもり》のように最後の飛翔《ひしょう》をすると、武家と同心風の、それぞれの肩に止まり、相手が驚く間も与えず両足を首に絡めて、上体に弾みをつけて薬研堀に自ら飛び込んでいった。

夜の水音に桂川家の乗り物が止まった。

「身投げか」

と薬箱持ちの見習い医師が常夜灯のおぼろな灯りで確かめたが、堀の水面は暗く見えなかった。

その背後から間合を詰めてきた三人の武士らも立ち止まり、仲間の姿を探したが、どこにもその姿はなかった。

「おかしい」

と呟いた一人が、

「桂川医師に問い質《ただ》すぞ」

と行動を起こそうとした。すると河岸《かし》道にもくもくと靄《もや》が這《は》い上がってきて、その辺りを乳白色に包み込んだ。

「妖《あや》しげな」

と呟く声が途中で消えた。

後ろから足を抱え込まれて河岸道に三人が倒され、地べたに嫌というほど顔面を強打して、思わず叫びそうになった。だが、脳天を棍棒《こんぼう》のようなもので殴られて、三人ともあっさりと意識を失った。

猫の九輔、早走りの田之助と荷運び頭の権造の仕業だった。

薬研堀に先回りした五人のうち、雄三郎と銀次は未《ま》だ堀の水の中にいた。わけもわからないまま薬研堀に飛び込んだ二人は背後から首を足で絡められて身動きつかなかった。なにが起こったかさえ、理解できなかった。抵抗しようにも羽織袴《はかま》姿で腰に大小を帯びていた。

「どうしたな」

と乗り物が止まったことを訝《いぶか》る桂川甫周が薬箱持ちの見習い医師に尋ねた。

「虚空を奇妙な影が過《よぎ》ったようでございます」

「人か」

「背に人を負った人物が虚空を飛んで、河岸道に立っていた武家二人を攫《さら》い、堀に落水致しました」

「最前の音がそうでしたか」

と乗り物から応じた桂川が、

「背中に別の人間を負って人が虚空を飛べるわけもなかろう。大方、山から親子猿が下りてきたのであろうか」

と答えた桂川が

「前方に人影がなければこのまま進みなされ」

と命じて再び乗り物が動き出した。その背後を猫の九輔らが闇を伝って追い、堀から這い上がった雄三郎と銀次もずぶ濡《ぬ》れ姿で追尾していった。

堀に残された二人は棒杭《ぼうくい》にすがって、

「菊池、身が沈むぞ」

と喚《わめ》いた。最前まで首にかけられていた足で浮かされていたことを二人は今思い知らされていた。

「金井様、腰の大小が重しになっております」

「大小を捨てよと申すか、武士にとってこれほどの恥辱があるか」

「命あっての物種にございますぞ」

と言った菊池が自らの下げ緒を解《ほど》き、大刀を抜くと河岸道に放り上げたが、脇差《わきざし》は届かず、ぼちゃんと水音を立てて堀に落ちて沈んだ。だが、河岸道まではなんとか河岸道に届いた。

「よし、これで身軽になった。金井様も大小を捨てて下され。船着場まで蟹《かに》の横這いならぬ、人の石垣渡りで辿《たど》り着きますぞ」

「くそっ」

と罵《ののし》り声がして金井某も大小を水中に捨て、棒杭に摑まりながら船着場目指してゆっくりと移動していった。


総兵衛は地下城に下ろされて、再び高床に安置された。

最前と違うことは江戸の鳶沢一族に琉球から総支配人に従ってきた第三大黒丸の主船頭らの面々、また鳶沢村から長老安左衛門に従ってきた美吉、達次ら百人近い人数が板の間に粛然と正座して、総兵衛の一息ごとに弱りいく容態を凝視していたことだ。

高床に寄り添うのは三長老だけだ。一番番頭の信一郎も高床下に控えていた。

「おおっ、総兵衛様」

と光蔵が声を上げた。

「水をくれ、おりん」

と願った総兵衛におりんが水差しを持ち、枕辺に膝行《しっこう》した。

その時、桂川甫周の乗り物が川向こうの桂川屋敷の門内に消えたのを見届けた雄三郎らが戻ってきた。

水差しの水をわずかに飲んだ総兵衛の両眼が、

くあっ

と見開かれ、

「む、無念なり」

と呟くと顔から一気に生気が消えた。

「総兵衛様」

と三長老が三方から総兵衛の体に取り縋《すが》った。

板の間の鳶沢一族の者が高床に殺到しようとした。それを信一郎が、

「その場に留《とど》まれ」

と静かながらも険しく叱咤《しった》して止めた。

三長老の肩が落ちたのを見た信一郎は、九代目総兵衛勝典の死を知った。

「何刻《なんどき》か」

「およそ八つ（午前二時頃）時分かと思います」

信一郎の問に参次郎が答えた。

高床では三長老が安左衛門、光蔵、仲蔵の順で末期《まつご》の水を綿に湿らせて総兵衛の唇にあてた。

「信一郎、そなたが一族を代表して末期の水を総兵衛様に」

と安左衛門が命じて、信一郎は高床に上がった。

「総兵衛様がこの世の最後に口になされる水、おりんさんと一緒に差し上げてもようございますか」

と信一郎が三長老に断った。

光蔵がなにかを言いかけたが、

「差し許す」

と安左衛門が応じていた。

「総兵衛様、お別れの水にございます。最後の最後まで献身的な介護を尽くしたおりんさんと一緒に差し上げます」

総兵衛に断った信一郎が一つの真綿に染み込ませた水をおりんと一緒に総兵衛の口に含ませた。すると無念の形相だった総兵衛の死の顔がどことなく和やかな、安息の表情へと変わったようだった。

高床に立ち上がったのは三長老だ。

「ただ今九代目鳶沢総兵衛勝典様は身罷《みまか》られた。鳶沢一族の仕来《しきた》りに則《のっと》り、総兵衛様の亡骸《なきがら》を鳶沢村に船にて運ぶ。われら、江戸に残った者は、影七日、さらには四十九日の喪に服すが世間には秘匿《ひとく》して商いは今までどおりに続ける」

と光蔵が鳶沢一族に宣告した。

「鳶沢一族には十代目の総兵衛様が未《いま》だおらぬ。じゃが、六代目総兵衛勝頼様のお告げにより、しばし十代目は不在のままに一族の務めと大黒屋の商いを続ける。われら、三長老および一番番頭信一郎の合意で決まったことじゃぞ」

と一族の最長老安左衛門が宣告した。

信一郎もおりんも黒猫のひなの姿がどこにもないことを気にしていた。六代目総兵衛以来、大黒屋の飼い猫は黒毛、名はひなと決まっていた。

何代目のひなか、九代目総兵衛が寵愛《ちょうあい》した黒猫が忽然《こつぜん》と姿を消した。

高床に黒白の幔幕《まんまく》が張られ、おりんが一族の女衆《おなごし》を指揮して総兵衛の体を丁寧に清め、家紋入りの白麻の経帷子《きょうかたびら》が着せられた。

男衆は大広間に予《かね》て用意の寝棺を運びだし、幔幕が外された高床の総兵衛の亡骸を棺に入れた。

一時姿を消していたおりんが庭の薬園に咲いていた竜胆《りんどう》の花束を抱えてきて、総兵衛の棺に入れた。枕刀が総兵衛の胸に最後に置かれて、棺の蓋《ふた》が覆《おお》われようとした。

そのとき、哀しみに耐えていたおりんの忍びなく声が洩《も》れた。

「おりん、この場にあるとき、われらは鳶沢一族、徳川の隠れ旗本である。涙を見せてはなるまいぞ」

と仲蔵が険しくも忠告した。

「はい、いかにもさようでした」

とおりんが手拭《てぬぐ》いで涙を拭った。

「三長老、鳶沢村まで総兵衛様にこの信一郎を従わせて下され」

「信一郎、それは許されぬ。われら四人には大事な用事が残されておる」

と光蔵が拒むと、

「参次郎、琉球から到着したばかりのそなたじゃが、駿府鳶沢村まで総兵衛様のお伴をしてもらおう」

「畏《かしこ》まって候《そうろう》」

と二番番頭の参次郎が受けた。

「最後のお別れぞ」

と安左衛門が言った。

「総兵衛様、さらばにございます!」

と一同が和して棺を信一郎、参次郎、雄三郎、重吉の四人の番頭が担《かつ》ぎ、大広間から船隠しに下ろした。そこには仲蔵が江戸湾口深浦湾の船隠しから乗り換えてきた琉球型小帆船が待機していて、船の胴ノ間に安置された。

仲蔵に従ってきた琉球首里店の水夫《かこ》らがすでに待機していた。この水夫らは鳶沢一族とは血の絆《きずな》に結ばれた池城《いけぐすく》一族の者たちだ。この関わりもまた六代目の総兵衛勝頼から始まっていた。

琉球船に参次郎が乗り込み、船隠しから総兵衛の亡骸が消えた。

大黒屋周辺を未だ沈鬱《ちんうつ》な空気が濃く覆っていた。

「ご一統、台所に酒が用意してある。総兵衛様との別れの酒じゃ、飲みなされ。されど明日もあるでな、ほどほどにして体を休めなされ」

と大番頭の光蔵が一族の者を地下の世界から地上の世界へと追いもどした。

鳶沢一族の居城に残ったのは三長老とそれに準ずる信一郎だけだ。

総兵衛の亡骸が早々に鳶沢村に移された江戸の大黒屋では、総兵衛の霊が留まる影七日を一族の後継者が臨終の場に残って霊をお護《まも》りする習わしだった。ただ此度《こたび》は格別だった。九代目が身罷っても十代目の総兵衛がいないのだ。そこで三長老とそれに準ずる信一郎の四人は新総兵衛が決まるまでこの地下の大広間から出ることは叶《かな》わなかった。それが鳶沢一族の主《あるじ》が交代するときの決まりごとだった。

「総兵衛様は逝《ゆ》かれた」

と安左衛門が急に体が半分に萎《しぼ》んだ様子で肩を丸めて言った。

「じゃが、十代目の目途が立ちませぬな」

「いかにも立ちませぬ」

と光蔵の言葉を仲蔵が受けた。

「光蔵さん、仲蔵さん、六代勝頼様の申されたことをわれらは信ずるのみじゃぞ」

「ご老人、そうは申されますが、十代目は真《まこと》にわれら一族の中に隠れ潜んでおるのでございましょうかな」

「もしやして三つ四つの男子《おのこ》の中に潜んでおるやもしれぬ。じゃが、だれでもよいというわけの話ではないでな、きっと働きかけがある筈《はず》じゃ」

「安左衛門様、長いお籠《こも》りになりますかな」

「仲蔵さんや、ひょっとしたら、この次の瞬間にもなんぞ閃《ひらめ》きがあるやもしれぬ。お優しい六代目のことじゃ、われらをそう困らせることはあるまいと思うております」

と最長老の安左衛門が腹を括《くく》ったように言った。

「親父《おやじ》様、琉球からの船旅でお疲れではございませんか。しばし横になられませぬか」

「いや、それより信一郎、われらもいささか喉《のど》が渇いた。勝典様の思い出を語りながら、酒《ささ》を頂戴《ちょうだい》したい」

「おお、これは気が付かぬことでございました」

信一郎が立ち上がり、大広間の片隅に用意されていた酒肴《しゅこう》を取りに向かった。

「仲蔵さんや、わしは信一郎しか鳶沢一族の頭領たる器はおらぬと思うがな」

と安左衛門が言いかけた。

ふいを突かれた仲蔵だが、一語も答えない。

「私もそれがいちばんよい決断かと思う」

と光蔵が言った。

三長老が意見の一致を見ないかぎり十代目総兵衛は決まらなかった。

信一郎が膳《ぜん》を運んできて、いつ果てるともしれない別れの宴が始まった。

第三章 南からの訪問者

一

暦の上では秋が深まった江戸だが夏を思わせる猛暑が続いていた。

信一郎は三長老のうち、最年長の安左衛門がうつらうつら居眠りを始めたのを見て、

「大番頭さん、総支配人、しばし仮眠をとられてはいかがにございますか」

と二人の長老に提案した。

秋は夏の疲れが出るときだ。まして七十七歳の鳶沢村の村長《むらおさ》にとって、

「総兵衛、病重篤《じゅうとく》」

の知らせを受けて江戸に早駕籠《はやかご》で乗り込んで以来、一刻とて気が休まる日々はなかった筈《はず》だ。疲労が老体に蓄積していたとしてもなんの不思議もない。

「そうじゃな、長い戦いになりそうな気配ゆえ、それがよいかもしれぬ」

五十五歳の仲蔵が言った。

「大番頭さんと親父《おやじ》様もご一緒にしばし休息を取られて下さい。三長老が倒れては十代目総兵衛様を決める会議を続行できませぬからな」

「この場はどうする」

仲蔵が信一郎に問い返した。

「総兵衛様の霊が去られる影七日までこの大広間の蠟燭《ろうそく》を絶やさず、三長老かそれに準ずる者が控えておればよきこと、私が総兵衛様の霊をお護《まも》りさせてもらいます」

「そうか、そうさせてもらうか。のう、光蔵さん」

と答えた仲蔵に話しかけられた光蔵はちょうど六十歳の還暦だった。三人の肩にかかった重荷は信一郎も十分に察することができた。

「信一郎、この場を任せてよいか」

と念を押す光蔵の顔にも濃い疲れが見えた。

「一旦《いったん》上に上がられ、湯に浸《つ》かられて粥《かゆ》など食され、ぐっすりと仮眠をとって下さいまし」

と願った信一郎は隠し階段下の伝声管の蓋《ふた》を開けた。

「何事でございますか」

気配を察したおりんの声が即座に応じた。

おりんは総兵衛が亡《な》くなった後も三長老の体を気遣い、離れ屋の隠し階段に一番近い場所に陣取って声がかかるのを待っていたのだ。

「おりんさんか。ただ今何刻《なんどき》ですか」

「総兵衛様が身罷《みまか》られて三日目の昼下がり、八つ（午後二時頃）の刻限にございます」

「おりんさん、三長老を一旦離れに上げて休息をとってもらおうと思う。この大広間は私が残りますで差しさわりはございますまい」

「すべて整えてございます」

「心遣いありがたい」

「信一郎様の体調は大丈夫にございますか」

「私は安左衛門様の半分ほどの齢《とし》にも達しておりません」

薄く笑った信一郎が、

「お願い申します」

とおりんに言って振り向くと、仲蔵が安左衛門の手をとりながら大広間から姿を見せた。

信一郎は隠し階段のある壁をぐるりと回した。

一瞬秋の気配と一緒におりんの匂《にお》いが信一郎の頰を撫《な》でたような気がした。

「信一郎、頼んだぞ」

「ゆっくりとお休み下され、安左衛門様」

「長丁場になりそうじゃからな」

「なんとなく影七日を迎えるまでにことが決しそうな気がしております」

「ほう、そんな感じがしたとな」

「はい」

「ならばしばらく休ませてもらい、後半戦に備えようか」

安左衛門が仲蔵に導かれて隠し階段を上がっていき、階段上に控えたおりんに迎えられた。

「信一郎、覚悟を決めたか」

地下の隠し階段の前に残った光蔵が信一郎に聞いた。

「覚悟とはなんでございましょう」

「そなたが十代目を受けることよ」

「いえ、その気持ちは毛頭ございません。ですが、六代目様の申された啓示が必ずやわれらの前に下りて参ります。それを見逃してはなりません」

と信一郎が答え、

「三長老のどなたが倒れられても新総兵衛様を決めることは叶《かな》いません。大番頭さんもどうか湯と酒で気分をお変えになって下さいまし」

「私はそなたがいちばん相応《ふさわ》しいと思うておる」

言い残した光蔵を信一郎は微笑の顔で見送った。

階段上に秋の光が散って、おりんの背から地下へと差し込んでいた。

「おりんさん、お願い申しますぞ」

信一郎は光蔵が階段の中ほどに上がったのを見て壁を再び戻した。

広々とした地下城に信一郎と総兵衛の霊だけが残った。

信一郎は高床の六代目総兵衛勝頼の木像に向かって結跏趺坐《けっかふざ》をなすと瞑想《めいそう》した。

どれほどの時が流れたか。

(信一郎、そなたに重荷を負わせたな)

と六代目総兵衛勝頼の声が胸に響いた。

(一族の者の務めにございます)

(いつの時代も一番番頭が苦労をなす。そなたの爺様《じいさま》の信之助もそうであったわ)

と勝頼が苦笑いした。

(祖父を記憶しているようで、思い出そうとするとおぼろにして曖昧《あいまい》な存在になってしまいます)

(記憶とは摑《つか》みどころのないものかもしれぬ)

信一郎はふと思いついた。

(祖父信之助に祖伝夢想流の手ほどきをうけましてございます。総兵衛様、ご検分願えませぬか)

(信之助がそなたに伝えていたとはのう、見せてみよ)

はっ、と畏《かしこ》まった信一郎は大広間に隣接した武器庫から自らの刀を持参した。

この武器庫は九代の総兵衛が集めた古今東西の武器が保管されていた。

信一郎は、祖父の信之助譲りの五畿内摂津高木住助直を手に大広間に戻ると再び六代目の坐像に相対して拝礼した。

信一郎は能楽師の所作にも似た足の運びで大広間の中央に向かって進みながら、

くるり

と高床に向かい、反転した。

信一郎は刃渡り二尺四寸三分(約七四センチ)の助直を抜くと片手に保持して立て、仮想の敵に対して緩やかな動きで、

「打ち、

払い、

流し」

た。

この三連の動きを演じた信一郎は、右手に体の向きを変えた。

腰がわずかに沈み、床に張り付いた足裏が実にゆったりと動かされ、大きな円を描き始めた。

身体の円運動と片手で舞扇のように振るわれる刀の動きが連動して、実に軽やかにして深遠な舞を思わせた。あるいは沢伝いに流れる水の模様を想起させる動きだった。

戦国往来の実戦剣法とはまるで対照的な動きだった。戦国の世が遠のいた宝永期（一七〇四〜一七一〇）、効率一辺倒の剣法から術者の生き方や美学に合わせた剣術をそれぞれが編み出した。

近世剣術の始まりで、各流儀が興《おこ》り、剣に込められた思想と技を競い合った。

祖伝夢想流を学んだ六代目総兵衛もまた先祖の技の上に自らの考えを付け加えて、

「落花流水剣」

を創意した。

無限の円運動を基にした秘剣「落花流水剣」は動きが緩慢なだけに、「究極の剣さばき」

といえた。

緩やかな身のこなし、刀の動きは迅速な動作よりも何倍もきつく体力を消耗した。

六代目総兵衛はこの呼吸とこつを会得《えとく》するためにわが身を苛《いじ》め抜いた。長年にわたる独特の稽古《けいこ》法により、相手の素早い刃《やいば》の流れを読み切り、刃の動きの狭間《はざま》にわが身を滑りこませて、究極の、

「後々《ごご》の先《せん》」

で勝ちを得る大胆にして独創の剣法を編み出したのだ。

信一郎の動きを見た六代目総兵衛が、

（信之助め、おれの技前を盗みよって琉球生まれの孫に伝えておったわ）

と満足そうな高笑いをなした。だが、いささか総兵衛の落花流水剣と真髄においては異なっていた。

（信一郎、一度しか教えぬ、五体にとくと刻み込め）

（はっ）

ゆったりとした小袖《こそで》を着た総兵衛が坐像から立ち上がると、刀を舞扇のように差し伸べ、緩やかにも優美なすり足で円運動に入っていった。

信一郎は、

（悠久の時を想《おも》い起こさせるほど構えと動きが大きい）

と感動が背筋を走った。

体の動きは信一郎のそれと似ているようで本質は大きく隔たっていた。

六代目はおれの技前を盗みよって、と言ったが祖父がどうしても会得できなかった微妙にして繊細な一挙手一投足があった。

「指す

引く、

回す、

流して

止める」

六代目の動きは信之助の教えを超えて深遠かつ厳粛だった。

(信一郎、落花流水剣の極意はかんたんよ)

(かんたんにございますか)

おおっ、と答えた総兵衛が
(人にも花にも落命の刻《とき》がある。その刻を悟り、人も花も身を現世から離れ落とす。流れに差しかけた椿《つばき》が死の刻を知り、岩場に奔流する流れに落ちたとせよ。流れのままに椿は激しく揉《も》まれ、やがて緩やかな流れのなかで理《ことわり》を悟る。流れに逆らうでなし、流れに身を任せるでなし、自然のままに刻のかなたにさる、それだけのことよ)

(それだけにございますか)

信一郎の脳裏から六代目総兵衛の幻影が消え、信一郎は独り稽古に没入した。

さらに四日が過ぎた。

明日は影七日、九代目総兵衛勝典の霊が富沢町から去る日だった。

三長老の顔の疲労の色は一段と激しいものになり、おりんの忠言で二番番頭の参次郎が蘭医桂川甫周《ほしゅう》を呼んで、朝鮮人参をかの地の火酒に漬けたという酒を薄めて三長老に飲ませた。

それが六日目の朝の間のことだ。

昼過ぎと思える刻限、大広間の鈴が鳴った。

信一郎が伝声管の蓋を開けると参次郎の声がした。

「店に総兵衛様にお目にかかりたいというお方が見えておられます」

参次郎の声音に異なものを感じた信一郎は、

「どなたかな」

「今坂勝臣《かつおみ》様と申され、西国訛《なま》りと思える話し方で色が浅黒いお方にございます」

「お武家様じゃな」

「六尺二寸（約一八八センチ）余の若武者にございます」

「参次郎、そのお方になんぞ尋常でないものを感じるか」

「いえ、そうではございません。明晰《めいせき》そうな風貌《ふうぼう》にございまして腰には脇差《わきざし》一振りだけを手挟《たばさ》み、夏羽織を着ておられます」

「参次郎、迂遠《うえん》な表現はよい。訝《いぶか》しいことがあれば申せ」

「夏羽織の紋は双鳶《ふたつとび》にございます」

「なんですと」

「その羽織、百年も前のものかと存じます」

「店座敷にお通しなされ。長老方と相談しますでな」

信一郎は大広間で円座に座す三長老のもとに戻り、参次郎が告げた訪問者の風采《ふうさい》を告げた。

「そのような人物に心当たりはないが」

と光蔵が応じた。

「私にも覚えがない」

と鳶沢村の村長《むらおさ》にして一族の最長老の安左衛門が首を横に振った。

「父上には心当たりがございますか」

「しかと今坂と名乗ったのであろうな、信一郎」

「今坂勝臣と参次郎はそう申しております」

「信一郎、この世にわが一族以外に双鳶の家紋などあったかのう」

と話の矛先をずらした。

「私が知るかぎりございません」

「わしも知らぬ」

と安左衛門も言った。

「仲蔵さん、なんぞ覚えがあるのか」

「親父《おやじ》様が死の直前に私に昔話をしておこうかと話したことを思い出しました」

仲蔵は遠くに過ぎさった時のかなたから、一つの記憶を引きずり出した。なぜか、これまで思い出したこともない思い出だった。

「信之助叔父が昔話とな」

鳶沢村の安左衛門が首を捻《ひね》った。

「ざっとお話申しますぞ。六代目総兵衛様は大黒丸という大船を江戸で建造し、新航路の開拓と称して、一旦《いったん》北に向かい、津軽海峡を抜けて、金沢と京の荷を積み込み、琉球を経由して高砂、呂宋《ルソン》、安南《アンナン》、暹羅《シャム》へと南下する異国交易の航海中、琉球に着く前に、イスパニア船カディス号の待ち伏せを受けて交戦し、遭難したことがございましたな」

「六代目の、大黒屋では宝永四年（一七〇七）の大難破と呼ばれている出来事じゃな」

と安左衛門が言った。

「いかにもその出来事にございます。私の親父は首里で大黒丸の入津《にゅうしん》を待ちわびておりましたが、ついに大黒丸は姿を見せませなんだ」

「仲蔵さんに説明されんでもとくと承知じゃが」

「六代目総兵衛様方が琉球首里の泊湊《とまりみなと》に姿を見せられたのは、一年数か月後の宝永六年の暮れにございました」

「仲蔵さん、六代目の難破は一族の悲痛な打撃の後に大きな希望と商いをもたらしましたな。ゆえに六代目が大黒屋と鳶沢一族の中興の祖と呼ばれる。われら鳶沢一族の者なれば大冒険行を何度も聞かされ、六代目総兵衛様の死後、代々語り継がれる話じゃがな」

と光蔵が仲蔵の前置きに苛立《いらだ》った。

「光蔵さん、今しばらくの辛抱です。総兵衛様方が交趾《こうち》に滞在中の話は、一族にも知られておらぬのではございませぬかな」

「ツロンというところに滞在しておったと聞いたが、六代目も同行の者もそのことについて言い残したことがなんぞあったかのう」

「六代目総兵衛様は、江戸で一行の生死を案じてきた美雪《みゆき》様のことを思い、ツロンで懇《ねんご》ろになったソヒ様の存在を話すことはなかったのではと推察します。ために江戸でも鳶沢村でも知られてはいない筈《はず》」

「仲蔵さん、そのような女がおられたか」

「六代目らは、ツロンでグェン・ヴァン・ファンという安南政庁の総兵使の職に就く名家に世話になったそうな。このグェン家の先祖は西国の大名に仕えた今坂一族の血筋でございまして、ヴァン・ファンの日本名は今坂理右衛門様とか、その孫娘がソヒ様にございますよ」

「仲蔵さん、六代目とソヒ様の間に子が産まれたか」

「はい」

「おどろいた」

と安左衛門の両眼がまん丸く見開かれた。

「信一郎、店座敷に通した人物は六代目の子か」

「光蔵さんや、総兵衛様の子なれば九十歳に近かろう。六代目とソヒ様の間のお子は今坂理右衛門の理の字と総兵衛様の一字をとって、理総《としふさ》様と名付けられたそうな。本日、姿を見せた若武者がもしその血筋なれば、この理総様の孫ではございますまいか」

「それが双鳶の家紋の夏羽織を着ておる理由か」

「安左衛門様、六代目はわが父にツロンで生まれる子に来国長《らいくにない》の脇差と夏羽織を贈ったと言い残されたそうな」

「仲蔵さん、その理総の孫なれば六代目総兵衛勝頼様の曾孫《ひまご》にあたるな」

「いかにもさようです」

「血筋じゃな」

「中興の祖のお血筋にござる」

四人は期せずして大広間の天井に目をやり、

「その若武者、総兵衛様に面会を願ったか」

と安左衛門が呟《つぶや》いた。

二

離れ座敷の仏間に四人の人物がひっそりといた。三長老を従えた信一郎が大黒屋の主《あるじ》然として客を待ち受けていた。

店から通じた渡り廊下に足音がした。

おりんが客を案内してくる足音だった。

そのとき、おりんはのびやかな肢体の持ち主から海の匂《にお》いが漂うのを感じていた。海辺に住いしているのではない。波濤《はとう》万里を超えてきた人間が漂わす異国の匂いだった。

(このお方は大和国の外から参られたのではないか)

おりんはそう思いつつ、廊下に跪《ひざまず》くと声をかけた。

「総兵衛様、今坂勝臣様をご案内して参りました」

「おりん、仏間にお通しなされ」

信一郎、いや、総兵衛の声が応じた。

おりんが客を振り返ると若武者も涼やかな双眸《そうぼう》を床におとし廊下に片膝《かたひざ》をつ

いて控えていた。その表情に緊張があった。

「今坂様、大黒屋は物わかりのよいお店にございます。さように身構えられることもございません」

「いえ、私はかような対面になれぬゆえ、いささか身も心も強張《こわば》っております」

どこの地の訛りともしれぬ言い回しに雅《みやび》なものをおりんは感じた。

正直な答えにおりんが微笑を湛《たた》えた顔を勝臣に向け、

「総兵衛様は遠来のお客人を捕って喰うような真似《まね》はなされませぬ」

と話しかけた。

「ありがとう」

「さあ、参りましょうか」

おりんに促された勝臣は、座敷への鴨居《かもい》を潜《くぐ》った。そこは数日前まで総兵衛の床が敷きのべられていた場所で、未《ま》だ煎《せん》じ薬の匂いが漂っていた。

「おお、参られたか」

腰を屈《かが》めて敷居を跨《また》ぐ若武者を仏間の四人が見た。

「今坂勝臣と申します。失礼仕《つかまつ》ります」

「こちらへ」

とおりんが仏間に案内しようとすると、

「暫時《ざんじ》お待ちくだされ」

と願った勝臣が脇差を腰から抜き、身嗜《みだしな》みを素早く整えた。

その様子を三長老と総兵衛に扮《ふん》した信一郎がそれぞれの想《おも》いを胸に凝視していた。

「おりん様、総兵衛様にご挨拶《あいさつ》申し上げる前に大黒屋のご先祖様の霊に香華《こうげ》を手向《たむ》けさせてもらえませぬか」

にっこりと笑ったおりんが、

「勝臣様のご先祖は大黒屋の先祖と知り合いにございましたか」

と尋ねたものだ。

「はい。私の曾祖母《そうそぼ》の祖父が六代目総兵衛様とご縁があったそうにございます」

「曾祖母の祖父様とはどなた様にございますな」

「安南政庁の総兵使を務めていたグェン・ヴァン・ファン、和名は今坂理右衛門と申します」

おおっ！

安左衛門が思わず驚愕《きょうがく》の声を漏らした。

「おりん、遠来のお客人を問い詰める作法は大黒屋にはなかったと思ったが」

総兵衛が咎《とが》めた。だが、言葉とは違い、おりんの導き出した若武者の答えにどこか安堵《あんど》した総兵衛の声音だった。

「これは、私としたことが差し出がましいことをなしました。総兵衛様、お許しを」

と信一郎が扮する総兵衛に詫《わ》びたおりんが、灯明が灯る仏壇の前に今坂勝臣を案内した。

勝臣は双鳶の家紋が描かれた仏壇の座布団を横手にどかして、畳に座して大黒屋の位牌《いはい》と対面した。しばし灯明が揺らぐ仏壇を眺め上げていた勝臣が合掌し、瞑目《めいもく》した。

安左衛門は若者の風姿と挙動に六代目の影を見ていた。

仲蔵は、

（鳶沢一族の救世主であろうか）

と一心に勝臣の背を見ていた。

（血に非《あら》ず）

の意味を再び思い巡らしていたのは光蔵だった。

総兵衛に扮した信一郎は、この今坂勝臣とじかに会話するときまで無心を貫こうと心に言い聞かせていた。

勝臣の口から言葉が漏れた。

「鳶沢総兵衛勝頼様、曾祖母ソヒの遣いとして交趾ツロンから遥《はる》かな大和国江戸にやって参りました。これでソヒの想いは達せられました」

しばし合掌して異国の言葉で経文のようなものを唱えていた勝臣が仏壇に深々と一礼し、ゆっくりと総兵衛に向き合った。

「よう参られましたな、勝臣どの」

信一郎の総兵衛が微笑《ほほえ》みかけた。

「今坂家積年の願いがただ今果たされました。お礼を申します」

「勝臣どの、交趾からわざわざこの地に六代目総兵衛の供養《くよう》に参られましたか」

と光蔵が尋ねた。

「はい」

若武者の返答はなんの迷いもなく明快だった。

「勝臣どのの曾祖母ソヒ様と六代目総兵衛様の間に生まれたお子の末裔《まつえい》にございますな」

仲蔵が問い質《ただ》した。

「はい。二人の間に生まれた理総は私の祖父にございます」

「やはりそうであったか」

と普段は冷静な仲蔵が感激の声を漏らした。

「今坂家、グェン家ではいつの日か、大和国に墓参りにいくというのが代々言い継がれてきた夢にございました」

「ツロンには今も六代目総兵衛の思い出が残っておりますか」

と信一郎が聞いた。

「むろんですとも。私は物心ついた折から総兵衛様がこう申された、こう戦われたという話を聞かされて育ちました」

今坂勝臣が傍らにおいた脇差《わきざし》を総兵衛に扮した信一郎に差し出した。

「六代目がソヒ様に残された来国長にございますな」

「いかにもさようです」

勝臣が答えていた。

「拝見させて下さい」

総兵衛に扮した信一郎が鐺《こじり》を庭に向け、ゆっくりと抜いた。

異郷の地にも刀の手入れをするものがいると見えて、刃に一点の曇りもない。

刃文は直刃《すぐは》、来国長の特徴といえた。

「銘を拝見してようございますか」

「ご自由に」

偽《にせ》総兵衛の信一郎はあくまでゆったりとした挙動で目釘《めくぎ》抜きの小槌《こづち》で目釘を外し、さらに茎《なかご》を抜くと片手で頭を持ち、柄《つか》を持った手の甲を軽くたたくと刀身が外れた。鎺《はばき》を外しながら信一郎は銘を確かめた。

「来国長」

の銘の脇に、

「祝勝頼誕辰」

の五文字が刻まれていた。

信一郎は長老の安左衛門に脇差を回した。声がなくとも深い感動が三長老の間を移動していき、再び信一郎の手に戻った。

「六代目総兵衛の脇差来国長、われら、眼福の機会なく至福にございました」

九代目総兵衛を演じ続ける信一郎は、来国長を柄に戻し、鞘《さや》に納めた。

「勝臣様、夏羽織お似合いにございます」

「総兵衛様、六代目がソヒに与えたものにございますそうな」

勝臣の答えに偽総兵衛が大きく首肯し、

「よう江戸に参られましたな。長崎に上陸なされましたか、それとも琉球にて一旦《いったん》上陸なされたか」

「琉球首里には大黒屋の出店があった筈《はず》、されど、われらは一気に江戸湾沖に参りました」

と勝臣が答えた。

「総兵衛様、三長老、長旅の勝臣様に未だ茶の接待もなしておりませぬ」

とおりんが口をはさんだ。

「おお、私どもとしたことが六代目の血筋につい興奮し、持て成しも忘れおったか」

と総兵衛に扮した信一郎が苦笑いし、

「おりん、茶菓より膳《ぜん》の仕度を願おうか」

とおりんを見た。

「お待ちくだされ」

勝臣が偽総兵衛に言いかけ、

「いささかお願いの筋がございます」

「なんでございましょうな」

「ツロンのわが屋敷には大黒屋総兵衛様は商人の体をなされておるが、その正体は鳶沢一族の頭領にして武士《もののふ》、江戸店には道場も備わっておると言い伝えがございます。ソヒの願いを果たした今、私はなにも思い残すこともございませんが、出来ることなれば、道場で六代目総兵衛様がツロンでも使われた祖伝夢想流落花流水剣を拝見願えませぬか。それが今坂勝臣ことグェン・ヴァン・キの最後の願いにございます」

「交趾の地にかようにも六代目総兵衛を慕う一族がおられようとは、努々《ゆめゆめ》考えもしませんでした」

と答えた偽総兵衛の信一郎が三長老を見た。

安左衛門、光蔵、仲蔵が互いの顔を見合った。目で互いの胸中を探り合うようにしていたが、光蔵が、

「総兵衛様の御意《ぎょい》のままに」

「六代目の申される啓示が下ったと考えるべきですか」

「いかにもさよう」

光蔵と偽総兵衛は勝臣の前で言い合った。

「いかにもいかにも」

と安左衛門が賛意を示し、信一郎は仲蔵を見た。父である仲蔵が大きく首肯してみせた。

偽総兵衛は勝臣に向き直ると、

「今坂勝臣どのをわが鳶沢一族と認め、われらが裏の貌《かお》をお見せ申す。いざ、地下の大広間にお移り願おう」

と立ち上がった。

勝臣を伴った一行は、離れ屋から地下の大広間に移り、百目蠟燭《ろうそく》の灯りに鳶沢一族の居城が浮かび上がったとき、勝臣が異国の言葉で感激を表した。そして、高床に祀《まつ》られた二つの坐像《ざぞう》に向かうと、しばしじっと見詰めていたが、にっこりと微笑んで、六代目総兵衛勝頼の前に正座し、ゆったりと低頭した。

「しばしお待ちを」

と言い残して偽総兵衛が武器庫に消えた。

三長老が高床下に並んで坐して小声で言い合った。

「六代目そっくりの体付きとは思わぬか」

「安左衛門様、われらは直《じか》に六代目を知らぬでな、なんともいえぬ。じゃが、悠揚迫らぬ鷹揚《おうよう》さと気品に六代目を彷彿《ほうふつ》させるものがあるように思える」

と光蔵が何度も首肯した。

「仲蔵さんはどうか」

「この人物こそ十代目の総兵衛様と思えるが、異国の血が混じった人物が大黒屋、いや、鳶沢一族の頭領を受けてくれようか」

「六代目総兵衛様の啓示によって立ち現れた人物ぞ。それをなさんでどうする」

と安左衛門が言った。

そこへ偽総兵衛が刀簞笥《だんす》から六代目の佩刀《はいとう》だった三池典太光世《みいけでんたみつよ》を腰に手挟《たばさ》み、姿を見せた。

「勝臣どの、落花流水剣、さすがにツロンには伝わっておらぬか」

「曾祖母は見たそうですが残念ながらどのような剣術かもはやだれも知りませぬ」

「六代目総兵衛様が身罷《みまか》られて七十年、勝頼様が創始された落花流水剣とはいささか趣が異なるやもしれませぬ。ご披露仕《つかまつ》る」

偽総兵衛の信一郎の声はすでに鳶沢一族の戦士のものになっていた。

「拝見致します」

六代目を背に勝臣が総兵衛の動きを目で追った。

大広間の真ん中に立った偽総兵衛の信一郎は立ったまま高床を見て瞑目した。

(総兵衛勝頼様、お力をお貸しくだされ。鳶沢一族、大黒屋浮沈の瀬戸際《せとぎわ》にございます)

(そなたも信之助の血筋よ、九代目総兵衛の真似《まね》くらいできんでどうする)

(落花流水剣にございます)

(他日、わし自ら手直ししたであろうが)

心の中でしばし沈思した信一郎は、

(三池典太光世、拝借仕る)

(そなたが勝臣に落花流水剣を伝えてくれ、この二代途絶えていたでな)

と言い残した六代目総兵衛勝頼が胸から消えた。

くあっ
と両眼を見開いた信一郎が、

「勝臣どの、とくと見られよ」

というと白扇を差した腰を沈めて、高床へと歩を進め、一旦そこで動きを止めると白扇を抜いて広げ、片手に立てて持つとすり足で緩やかに円を描き始めた。

ただそれだけの動作が悠久の刻《とき》を思わせるほど続いた。

今坂勝臣は初めて接する落花流水剣に意表を突かれた。

これは戦場の剣ではない。能楽師の動きにも似た動きはもはや実戦剣法ではないのではないか。

偽総兵衛が大きな円運動を数回繰り返しつつ、勝臣の前で動きを止めた。

「得心なされたか」

「解《げ》せませぬ。これが祖伝夢想流落花流水剣にございますか」

と答えた勝臣の顔に戸惑いがあった。

「勝臣どのの満足ゆくものではなかったようじゃな」

「そのような緩やかな動きでは剣者の遣う迅速の刃に斬《き》り刻まれましょうに」

「勝臣どの、六代目総兵衛様所縁《ゆかり》の来国長にてどこからでも斬りかかられよ」

「よいので」

「かまわぬ」

偽総兵衛が大声を発し、勝臣が立ち上がると、来国長を抜き放った。

刃渡り一尺六寸二分（約五〇センチ）を片手に構えた勝臣は再び円運動に戻った偽総兵衛に向かって、斬りかかろうとした。だが、緩慢とも思える動きの中にいささかの隙《すき》もないことを悟らされた。

おかしいではないか、相手は八十歳の翁《おきな》のように腰を沈めて円を描いているだけなのだ。

勝臣は偽総兵衛の前に回ると十分に間合を図り、脇差の届く間を計算しつつ待った。

間が詰まった。

ここぞ、と打ち掛かった。するとふわりと白扇が勝臣の視界を幻惑するように舞ったと見るや、刃《やいば》を外されていた。

そんなことがあろう筈もない、と上段から左右に流し斬りした。その迅速な刃の内懐《うちぶところ》にいつの間にか入り込んだ偽総兵衛が、勝臣の肩口を白扇で、

さあっ

と払った。すると肩口に痛撃が走り、握っていた来国長を思わず落としそうになった。それでも必死に握り締めて、相手の動きを追った。

いつしか、偽総兵衛は円運動に移っていた。

もはや背後から斬りかかることしかないか、勝臣は迷った末に落花流水剣の秘密を探るために背後から斬りかかった。

すると偽総兵衛が片足を支点に、
くるり
と体を回し、いつどのように抜いたか三池典太光世の切っ先が勝臣の喉元《のどもと》に触れんばかりに当てられていた。

「参りました」

勝臣が来国長を鞘に戻し、その場に座した。

偽総兵衛の信一郎も三池典太光世を仕舞うと勝臣と対座した。

「総兵衛様、私めに祖伝夢想流落花流水剣、ご伝授願えませぬか」

「勝臣どの、この秘剣、一子相伝、総兵衛から嫡子《ちゃくし》総兵衛へと伝わる技にございます」

「この今坂勝臣には資格がございませぬか」

「いえ、なくもない」

「なくもないとはどういうことで」

「勝臣どのが鳶沢一族十代目にお就きになるなら、伝授いたしましょう」

「総兵衛様にはお子は」

「すべて直系の血筋は絶え申した」

「なんと。それで勝臣にそなた様の継嗣になれと申されるか」

「いえ、そうではございません。九代総兵衛勝典様は、七日前に身罷られました」

「そなた様は」

と勝臣が驚きの顔で聞いた。

「鳶沢一族の者にして大黒屋の一番番頭信一郎にございます。勝臣様をお試ししたこと、お許し下され」

信一郎が詫《わ》びた。

勝臣は長いこと沈黙した後、

「わが身の上を知っていただく時かもしれぬ」

と呟《つぶや》いた。

三

「わがグェン家は一年前、安南の政変で長年務めた高官職を追われ、流浪《るろう》の身になり申した」

と勝臣が話し出した。

「なんと」

と信一郎が呟き、三長老が身を乗り出してきた。

「勝臣様は、新たなる定まった地を求めておられるので」

「よい機会と思い、異郷を知る旅に出たのです。むろんこの旅の一番の大きな目的は曾祖母《そうそぼ》ソヒの積年の願いを叶《かな》えることにございました」

「お互いにとってよきこととは、勝臣様が江戸に留《とど》まり、信一郎が申し出たように鳶沢一族の頭領に就くことにございますぞ」

ついに我慢出来なくなった安左衛門が身を這《は》い出させた。

「おお、これは失礼をば致した。勝臣どの、それがし、鳶沢村の村長《むらおさ》鳶沢安左衛門にござる。またこれに控えておるは大黒屋江戸店の大番頭にして三長老のひとり鳶沢光蔵、さらにはこの仁は琉球首里のお店の総支配人にして三長老の鳶沢仲蔵、信一郎の父親にござるよ」

と一気に三人を紹介した。

勝臣が悠然と三長老に会釈《えしゃく》した。

「安左衛門様と申されましたか。私、流浪の旅の途次、かような運命の激変が江戸で待ち受けていようとは努々《ゆめゆめ》考えも致しませんでした。信一郎どののお申し出、極めての重大事、お互い軽々に断を下すことではございますまい」

と若い勝臣が諫《いさ》めるように言った。

「勝臣様、いかにもわれら先走り過ぎました。十分にお考えあってご決意を願うべきことにございました」

信一郎が自らの軽卒を詫びた。

しばし黙想した体の勝臣が両眼を見開いて、信一郎を見た。

「信一郎どの、いささかわがままを聞き届けて下さいませぬか」

「なんなりと」

「鳶沢一族の血と結束の場、この地下城を私めにお貸し頂けませぬか。七日前身罷られた九代目総兵衛様を始め、代々の総兵衛様の弔いを三七《さんしち》二十一日行い、勝臣無心の日にちを独りすごし、歴代の総兵衛様のお告げを聞きとうございます。その上でわが決断を導き出したとしても遅くはございますまい。このこと、三長老、信一郎どの、お許し願えませぬか」

「許しますとも、いや、お願い奉《たてまつ》ります」

安左衛門が真っ先に答え、光蔵が頷《うなず》いた。だが、仲蔵は慎重に熟慮しているのか黙想していた。長い沈黙だった。

「父上」

と信一郎の呼びかけに、両眼を見開き、微笑を浮かべた顔で、

「勝臣様、得心が行かれるまで歴代総兵衛様と対話をなさって下され。その結論がいかなるものでもわれら鳶沢一族は、受け入れる所存にございます」

と言い切った。

最後に信一郎が勝臣を見ながら、会釈し、

「勝臣様の瞑想《めいそう》を邪魔することはございません。二十一日の間に用意するものはございますか」

「一日一度の食事と水、それだけで結構にございます」

「二十一日の法会《ほうえ》と瞑想、いつから始められますな」

「ただ今から」

「承知仕りました。なんぞ格別に御用の節は昼夜を問わず、この鈴をお鳴らし下さい」

白磁の鈴を勝臣に渡した信一郎が笑みの顔で立ち上がり、三長老が大広間を出るべく続いた。

大広間から香の匂《にお》いが漂ってきた。

グェン・ヴァン・キこと今坂勝臣が大広間に籠《こも》って十一日目が過ぎた。

大広間から時に読経《どきょう》の声が漏れ、時に剣術の稽古《けいこ》でもしているのか床をすり足で動く気配が見えた。

おりんによって朝の間に粥《かゆ》と菜が届けられたが、板の間越しに食べ物をおいてきておりんが勝臣の姿を見ることはなかった。

三長老と信一郎は朝餉《あさげ》の前に仏間に入り、総兵衛勝典や先祖の霊前に香を手向《たむ》けては、勝臣がよき決断をなすことを祈っていた。

この朝、おりんが地下城の勝臣に膳《ぜん》を届けて、離れ屋に戻ってきた。

「おりん、勝臣様はお元気そうか」

と安左衛門が尋ねた。

「気配でしか察せられませぬが、ご壮健にお見受け致しました。一日一度の膳も禅宗のお坊様がお食べになられた如《ごと》くにきれいに召し上がっておられます」

「お若い身で一日一食、お辛《つら》くはないか」

と最長老が案じた。

「勝臣様が望まれたことにございます」

「そうであったな」

おりんの反論に安左衛門が応じた。

「仲蔵さん、信一郎、そなたら父子はこのことに関してあまり発言をせぬようじゃな。勝臣様の身元を疑っておられるのか」

と光蔵が聞いた。

「光蔵さん、努々疑るなどありませんぞ」

と仲蔵はいささか疲れが見えた顔に微笑を浮かべた。

「私も父に同じく勝臣様が出される答えをお受けするのみにございます」

と信一郎も言い切った。

「これが六代目総兵衛様のお告げであろうな」

「光蔵さん、間違いはない」

と安左衛門が断言した。そして、

「のう、信一郎」

と信一郎に同意を求めた。

「いかにもさようと思います」

「ほれ、六代目総兵衛様は虚言《そらごと》など申されぬ」

「三長老、勝臣様は、いささか言葉に訛《なま》りがあるものの異郷育ちとは思えぬほど、われらが心情を理解なされておられます。武術の才あり、見識を持ち、相手を思いやる謙譲を心得、なにより常に平静を保っておられます。鳶沢一族を率いる要件をすべて兼ね備えた若武者にございます」

「残るは平時にも戦時にも動揺することなく一族を率いる統率力かのう」

と光蔵がだれに聞くともなく問うた。

「いや、あのお方ならば必ずや備えておられる。足りないところは一族が補うまでだ」

安左衛門が自らを得心させるように答え、

「信一郎、勝臣様はよき決断をなさって下されような」

「それは間違いのないところにございます」

「含みがありそうな口調じゃな」

「三長老、われらはわれらの都合のみを考えております。勝臣様には勝臣様の都合があろうかと存じます」

「信一郎、勝臣様の都合とはなんだ。勝臣様は、流浪の旅に出ておられるのだぞ、帰る場所とてないな」

と安左衛門が言った。

「安左衛門様、勝臣様は交趾からどのような海路を経て、この江戸に到着なされたのでございますか。われらが駿府に旅するのとは事情が違いましょう」

「それはもう違おうな。交趾から船をいくつも乗り換えて異国の国境をいくつも越えて、時に海賊などに襲われながら江戸に着いたのではないか」

「お一人の道中にございますか」

「違うのか」

「いえ、それは分かりませぬ。大黒屋に姿を見せられたとき、身ひとつ、なにもお持ちではなかった。長旅である以上、着替えくらいお持ちであって不思議ではありますまい」

「どこぞに仲間を待たせておられるか」

安左衛門が新たな不安が生じたというように信一郎に問うた。

「その可能性もございます。また、お一人で船から船へと乗り継いでの旅であったかもしれませぬ。ともかくわれらの望みは勝臣様に申し上げました。勝臣様がわが一族に起こった不運を熟慮勘案なされた後、導き出されるお答えを待つしかないということにございます」

「相分かった」

と答えた安左衛門に光蔵が、

「あと十日余りか、長いのう」

と嘆息した。

富沢町に二番番頭の参次郎が戻ってきた。三長老と一番番頭信一郎の前に、

「九代目総兵衛勝典様の亡骸《なきがら》、鳶沢村の墓所に埋葬しましてございます」

と報告した。

「ご苦労であった」

と労《いたわ》った鳶沢村の村長が、

「鳶沢村に変わりはないか」

とわが村の安否を問うた。

「村内は平穏にございます」

「村の外でなんぞ不穏が生じたか」

「いえ、不穏ではございませぬが、いまから一月も前のこと駿府の久能山沖に異国の帆船が一夜泊まって、あの界隈《かいわい》が大騒ぎになったそうにございます」

「なにっ、異国の帆船がのう、上陸して悪さをしなかったろうな」

「いえ、夕暮れに沖合に碇《いかり》をおろし、夜明け前には姿を消していましたそうな。難破船ならば伝馬《てんま》を出して食べ物、飲み物、薪《まき》などを求めてきましょうに、その様子もなく静かに停泊していただけのようにございます。なんとも大きな帆船で三檣《さんしょう》の高さ百数十尺は優にあったとか、石数に直せば五、六千石船に匹敵しようと漁師らが噂《うわさ》しておりましたそうな。むろん府中に知らせが走りましたが、お役人が来る前に姿を消したそうです」

「帆柱の高さが百数十尺じゃと、五千石船じゃと。そのような大帆船は見たこともないわ」

「安左衛門様、異国の船にございますよ」

と参次郎がいい、

「大黒屋の商い船が琉球の往来に際してしばしば異国船が大和の海に出没するようになったという報告があるな。相手は交易を求めてのことかのう。ならば大黒屋にとって悪い話ではない」

と光蔵が大黒屋の大番頭に戻った口調で言った。

「徳川幕府が海外への渡航や限られた交易以外の商いを禁じて、百五十年をとうに過ぎたが、この間に異国の進歩は目覚ましいものがございますでな。幕府は蝦夷地《えぞち》の一部を直轄領《ちょっかつ》として蝦夷奉行をおいたばかり、おろしゃを始め、異国の大船が大挙して押しかけるようなことになれば、わが幕府は一たまりもございませんでな」

琉球店の総支配人として異国の事情に詳しい仲蔵が案じた。

「異国はさほど進んでおるか、仲蔵さん」

「安左衛門様、大艦大船を建造する技、その船を大海原で乗りこなす航海術、また大艦に積まれた大砲などの火力、どれをとってもわれらとは百年以上の開きがございますぞ」

「幸いなことに鳶沢一族においては海や、異国のことを知るようにと、六代目総兵衛様が海外への道筋をつけられた。少なくともわが鳶沢一族に関しては、異国に対する遅れはあるまい」

仲蔵が顔を横に振った。

「われらとて異国という巨象のほんの一部を撫《な》で触ったに過ぎませぬ。南蛮国や、われらが前に横たう大海原の先にはイギリスから分かれたアメリカなる国があるそうな、彼らの底力に比べたらわれら鳶沢一族の力など児戯に等しいものにございましょう」

「そんなものか、仲蔵さん」

光蔵が茫然《ぼうぜん》と呟《つぶや》いた。

「われら、十代目に新たなる指針を願わねば大国に蹂躙《じゅうりん》されることも考えられます」

「仲蔵さん、となればいよいよ勝臣様のご決断が鳶沢一族の浮沈を決することになるではないか」

「いかにも」

「仲蔵さんはようも落ち着いておられるな。私は一刻も早く三七二十一日のお籠りが明けぬものかと待ち遠しいぞ」

と安左衛門は畳の下の地下城で参籠《さんろう》する今坂勝臣、グェン・ヴァン・キのことに想《おも》いを馳《は》せた。

その日がついに訪れた。

離れ屋敷で三長老と一番番頭は、なにがあってもいいように控えていた。鈴が鳴ったのは深夜八つ（午前二時頃）過ぎの刻限だ。

信一郎がまず気付いて三長老に教え、四人は身支度を整えると隠し階段を下りた。すると大広間の四隅に行灯《あんどん》が灯されて、中央に五つの円座がすでに用意されていた。

勝臣は高床の下に座して余人を迎えた。

初代鳶沢成元と六代目勝頼の坐像《ざぞう》の前に灯明がたかれ、勝臣がその場で二十一日の瞑想《めいそう》を続けた様子があった。

三長老と一番番頭が勝臣の傍らに座して、拝礼をなした。その後、勝臣が四人に向き合った。その背には鳶沢初代、六代の坐像が控え、二代目、三代目、四代目、五代目、七代目、八代目、九代目の位牌《いはい》が並んでいた。

「二十一日、この場を借りて自らに問いかけ続けて参りました」

と勝臣が切り出した。

「お答えは出ましたか」

安左衛門もそれ以上尋ねることはしなかった。

「鳶沢一族と今坂一族の百年の大計を決すること、迷いました。迷うても迷うても考えがぐるぐると回るばかり」

と若武者勝臣が正直な気持ちを吐露した。

「鳶沢一族と今坂一族を結びつけられたのは六代目総兵衛様でございましたな。およそ百年も前、総兵衛様一行が偶然にも交趾ツロンに辿《たど》り着き、わが先祖の今坂理右衛門や曾祖母《そうそぼ》ソヒに巡り会うたのは、遠い二つの地を結ぶ海があればこそにございます」

「勝臣様、いかにもさようです」

と信一郎が微笑《ほほえ》みかけた。

「考えてみれば鳶沢一族も今坂一族も海によって命運と存続を願ってきた一族にございます。わが今坂家にはいつの日か、北の海から総兵衛様が戻ってくるという言い伝えがございました。曾祖母はその日がくることを祈り続け、わが祖父理総《としふさ》に総兵衛様のお迎えなきときは、北に向かって船を仕立てよという遺言を残したそうです。ですが、祖父も父も交趾での御用が忙しく、北の海に乗り出すことはなかった。その間に八十有余年の時が流れました」

「今、われらは勝臣様をお迎えできました」

「はい」

と答えた勝臣が、

「信一郎どの、三長老方、われら二つの一族を結びつけた海にて、私の考えを申し述べたいのです。そのこと、お許し願えませぬか」

と言った。

「なにっ、海の上でとな」

と安左衛門が訝《いぶか》しい顔をした。

「勝臣様、存分にお考え下さい、そして、考えが決したとき、われらにそのお答えをお聞かせ下さい。われら、唐天竺《からてんじく》の果てまでもお供いたします」

と信一郎が言った。

「よう私の我儘《わがまま》を聞いて下された」

勝臣がにっこりと笑った。信一郎が三長老に向き直り、

「船を用意させてようございますな」

と念を押した。

「この場でお考えは聞けぬのか」

と安左衛門がいささかはぐらかされたという表情で呟いた。

「私はどちらへなりともお伴致します」

と仲蔵が言い、光蔵が、

「われらが願ったこと、安左衛門様、ご一緒しましょうぞ」

と最長老に乞《こ》うた。

安左衛門がしぶしぶ頷《うなず》き、即座に地下の船隠しで出船の準備が始まった。

勝臣に同行するのは三長老と一番番頭の四人だけだ。

「信一郎どの、江戸湾口に鳶沢一族は船隠しをお持ちとか」

「そのようなことまで六代目はツロンに言い残されておりましたか。いかにも深浦という断崖地《だんがいち》の奥に船隠しを持っております。商いに使う大船はその船隠しにて別の船に荷の積み替えを行い、江戸に運び込み、また荷を積み出して船隠しにて荷積みを行います」

「深浦の船隠しを見せて頂けますか」

「お安い御用にございます」

と信一郎が答えたとき、

「船の仕度がなりました」

と琉球から仲蔵に従ってきた大黒丸の副船頭にして舵方《かじかた》の幸地達高が知らせにきた。

「勝臣様、こちらへ」

と信一郎が今坂勝臣を船隠しに案内するために先導し、その後を三長老が続いた。そこには九代目総兵衛の亡骸を載せて深浦の船隠しまで走り、その後、富沢町の大黒屋の船隠しに戻っていた琉球型小型帆船が待ち受けていた。

勝臣は地下の船隠しと船溜《だ》まりを興味深そうに見ていたが、信一郎の笑みに促されて乗船した。するとすぐに舫《もや》い綱が解かれて、四丁櫓《ろ》でゆっくりと船隠しから入堀へと出ていった。

四

勝臣は、小型帆船の反り上がった舳先《へさき》に立つと気持ちよさそうに夜明け前の空気を吸った。

「長いお籠《こも》りにございました。外の空気は格別にございましょう」

と信一郎が話しかけた。

「この地の空気は交趾のそれより軽やかに感じます」

二人が会話する頭上でばたばたと帆が鳴った。

朝の光が天を走った。すると勝臣の無精ひげが生えた横顔に満足そうな笑みが浮かんでいるのを信一郎は見た。

海に戻り、ほっと安堵《あんど》した様子があった。

幸地達高は朝の風を帆に拾って、細長い船体を迅速に進めていたが、船上から狼煙《のろし》を何度か上げさせた。

秋空に色とりどりの煙がたなびいて散っていった。

琉球の海を走り回ってきた幸地にとって江戸湾の内海を走らせるなど、容易《たやす》いことだった。幸地は船足を迅速に保つと同時に海上のあちらこちらに注意を払って、江戸から深浦まで海上十三里（約五二キロ）を一刻半（三時間）余で走り切り、深浦の海にせり出した断崖を回り込み、狭い水路に舳先を入れた。

断崖の高さは二十丈（約六〇メートル）から四十丈もあった。その間に幅半丁（約五五メートル）から一丁半余の水路が伸びていた。

勝臣は熱心に船隠しの入り口の断崖や潮流や風の巻き方を注視していた。

信一郎は海に慣れた勝臣を頼もしく思った。だが、三長老の一人、安左衛門の心配は尽きなかった。

「光蔵さんや、急に心配になってきた」

「なにがでございますな」

「考えてもみよ。われら、見ず知らずの人物を鳶沢一族の頭領に迎えようとしておるのだぞ、これが心配せずにいられるものか」

「勝臣様には六代目総兵衛様の血が流れておるのでございますぞ」

「確かであろうか」

「安左衛門様、今さらなにを申されますな」

「光蔵さんはなんの不安もないのか」

「ないと申したら嘘《うそ》になりましょうな。いえ、私の危惧《きぐ》は勝臣様に断られたときのことでございますよ」

「断られたら断られたで困ったことだぞ。じゃが、これだけ待ったのだ、断ることはあるまい」

「安左衛門様、なにが心配でございますな」

「なんとのう鳶沢一族に他の血が混じるようでな」

仲蔵の反問に安左衛門が答えた。

ふっふっふ
と笑った仲蔵が、

「安左衛門様の心配の種は尽きまじですか」

「仲蔵さんはなんの不安もないか」

「私は信一郎の判断に任せようと心に決めました。われら三長老より勝臣様とともに苦労するのは信一郎らより若い連中ですからな」

「なんだな、仲蔵さんは勝臣様を頭領に戴《いただ》くことをすでに決めておるのか」

「九代目総兵衛様が身罷《みまか》られて影七日の七日目に姿を見せられた勝臣様との縁を信じようと思いましてな」

「それはそうじゃが」

と答えるところに深浦の、漏斗状になった底に村落が見えてきた。

鳶沢一族がこの集落に船隠しを築いておよそ八十有余年、深浦の村とは確固たる信頼関係、

「血の絆《きずな》」

で繋がっていた。

幸地は琉球型小帆船の縮帆を水夫《かこ》に命じ、断崖に囲まれた静かな浦を櫓で進み始めた。だが、深浦の浜を数丁手前にして突然舳先を右手に鋭角に回頭させた。すると断崖の一角に尖塔《せんとう》のような洞窟《どうくつ》の入口が見えてきた。

恐ろしいほど断崖の入り口は切り立ち、猛獣が牙《きば》を剝《む》き出しているように見えた。

幸地は船を大胆にも高さ二十七丈余、幅四十間（約七〇メートル）余の洞窟に向かって突き進めた。

勝臣は洞窟の形状、波が切り立った断崖にあたる様、風の吹き具合、さらには水深を気にしていた。だが、信一郎に質問しようとはしなかった。また信一郎も勝臣に洞窟の地形や水深を説明しようとはしなかった。

お互いが海と船の知識と経験を探り合っていた。

ゆるやかに蛇行する洞窟にはところどころに松明《たいまつ》が燃やされていた。

勝臣は切り立った断崖の両側に人がようやく歩けるほどの道が刻まれ、その岩壁に径七、八寸（二十数センチ）の鉄輪《かなわ》がいくつも装着されて太い麻縄が通されているのを見ていた。海面から二十五間余の高さの両側にだ。

どれほど進んだか、幸地達高が、

「四丁櫓」

を命じた。

流れが急になり、折れ曲がった狭い水路に波が渦巻いていた。その波を乗り切るためだ。

「信一郎どの、最前の船隠しはほんものではございませんので」

「勝臣様、自然の入り江が深浦の津にございます。六代目総兵衛様は異郷から戻られた後、深浦一帯の海岸地ばかりかその背後の土地を密《ひそ》かに買い占められ、この船隠しを拡充・整備なされたのです」

小帆船が四丁櫓で進むに従って前方から微光が差し込んできた。

「光が滲《にじ》むところに鳶沢一族の船隠しがございます。幕府も薄々と気付いてはおりますが、われら鳶沢一族は家康様以来の隠れ旗本、味方にございますれば見て見ぬふりをしておられます。むろん幕閣の一部には、もはや戦国時代ではない、隠れ旗本など無用と声高に主張なされるお方もございますが、大黒屋では、硬軟取り混ぜて処々方々に気を遣ってございますので、未《ま》だ幕府の手の者が立ち入ったことはございません」

と信一郎が説明し、笑った。

ぽーん

といった感じで闇《やみ》から朝の光の中に今坂勝臣を乗せた小帆船が入っていった。

六代目総兵衛勝頼が幕府と世間と敵方の眼から覆《おお》い隠すために多大な時間と資金と人力を注ぎこんで完成させた船隠しだった。

深浦の自然の入り江と隔絶する断崖の奥に淡水が湧《わ》き出す池があった。ここには断崖下の水路を通じて海水が入り込んでいた、いわゆる汽水湖だ。

岩場と鬱蒼《うっそう》とした原生林に囲まれた池は瓢簞《ひょうたん》型をしており、南北幅八十余間東西三百六十余間（約六五〇メートル）、水深は十数丈もあった。

断崖に囲まれているせいでいつも穏やかな水面を持ち、一族の間では、

「静かな海」

と呼ばれていた。

静かな海に大黒屋所蔵の商い船の大黒丸や千石以上の商船や多数の小舟が停泊し、水夫たちが幸地の操舵《そうだ》する琉球型小帆船を迎えた。

大型商船が泊まる奥の浜には船着場があって、造船場や一族の待機所が設けられてあった。

勝臣は静かな海を囲む断崖上に鳶沢一族の見張り所があり、監視員がいることを見ていた。さらに浜の奥の高台には原生林とは異なる人の手が入った樹木が巧妙に配されて、その間に甍《いらか》が見えた。

最前の船上からの狼煙は断崖上の見張り所で確かめられたのであろう。

「信一郎どの、もし敵方の船がこの静かな海に入り込んできたとき、どうなさるおつもりか」

信一郎が片手を振った。

すると断崖上に設けられた見張り所で人影が動き、断崖各所の岩場に似せた扉が開かれると大砲の砲口が覗《のぞ》いた。

「あの大砲はこれまで使われたことは」

「ございません。最前ご説明した幕府への対応に加えて、このあたりは相模《さがみ》国の代官領に組み入れられてはおりますが、幕府の直轄地名簿《ちょっかつち》からは欠落した一帯にございます。まず幕府の手が入ることはありませんし、もしよからぬことを考える者がいるとして二つの断崖の水路を抜ける間にあらゆる手を使って侵入者を殲滅《せんめつ》します」

ふっふっふ
と勝臣が笑った。

「さすがに六代目総兵衛様がなされることに抜かりはない」

「勝臣様、われら一族、六代目死後七十年、その遺産を食い潰《つぶ》して生きてきました。このあたりで新しい血を注ぎこむことが大事なのです」

信一郎の言葉に勝臣が頷《うなず》いた。そして、視線を静かな海のあちらこちらに巡らしていたが、

「六代目が乗ってこられた大黒丸はあの一番大きな船のかたちに似ていたのでしょうか」

と新造の大黒丸を指した。初代の大黒丸から数えて三代目だった。

頷いた信一郎が、

「幸地副船頭、大黒丸に寄せよ」

と命じた。

このとき信一郎が幸地を副船頭と呼んだのは大黒丸での職掌だ。幸地は副船頭であり、舵方《かじかた》であった。

「畏《かしこ》まって候《そうろう》」

幸地達高が応じて、四丁櫓が息を合わせて動き、たちまち琉球型小帆船は、和船とも南蛮型帆船とも唐人船とも似つかぬ大黒丸の船腹に寄せられた。

すぐに上甲板でラッパが吹奏されて、慌《あわ》ただしく大勢の人間が駆け回る気配がしたが急に鎮《しず》まり、縄梯子《なわばしご》が下ろされてきた。

「勝臣様、ご案内致します」

と信一郎が縄梯子に飛びつき、勝臣が軽やかな動きで続いた。

「ほうほう、船に慣れておられるわ。縄梯子も上手なものじゃ」

と安左衛門が感心し、

「勝臣様のことより安左衛門様、縄梯子は大丈夫にございますか」

「仲蔵さんや、昔取った杵柄《きねづか》、体が覚えておりますて」

左右に揺れる縄梯子を光蔵と仲蔵が両手でしっかりと固定し、七十七歳の安左衛門がよたよたと這《は》い上がり始めた。

大黒丸は二檣《にしょう》帆船で和船の二千七百石の荷が積まれ、前後の帆柱に二枚ずつの帆を張ることができた。舵は取り外しの利《き》く和船型ではなく、南蛮船と同じく固定型で、高櫓《たかやぐら》から舵棒により操舵できた。舳先《へさき》の補助帆、船尾の縦帆を含めて六枚の帆は帆柱から横桁《よこげた》に縮小固定され、拡帆の際は縄梯子を水夫たちがするすると上がって横桁から縄を解いて広げた。

甲板は揚《あ》げ蓋《ぶた》式の和船型ではなく、固定した機密甲板で、荷の上げ下ろしは甲板中央部の、

「大穴」

の扉を開いて行われた。

大黒丸のもう一つの特徴は、航《かわら》と呼ばれる和船型の船底材ではなく竜骨を持った南蛮型であったことだ。外海航海に備えてのことだ。

今坂勝臣が甲板に飛び上がると鳶沢一族、池城《いけぐすく》一族の要員らが腰に大小、手に鉄砲を携えて、

「客人」

と鳶沢一族の三長老と一番番頭を迎えた。

「捧《ささ》げ銃《つつ》！」

操舵場の高櫓から声がかかり、五十人余りの一族が今坂勝臣を迎えた。

勝臣は高櫓の主船頭金《きん》武陣七に会釈《えしゃく》を送ると、整列した一族の端に向かった。

その傍らには信一郎が従って、陽に焼けた面魂《つらだましい》の船人たちを閲兵した。

縄梯子をどうにかよじ登ってきた安左衛門が光蔵、仲蔵に、

「海にも船にも慣れてござるのは確か」

と呟《つぶや》いた。

「ええ、われら、鳶沢一族より大海原の経験があるようにお見受け致しました」

と仲蔵が言い切ったとき、勝臣の声が聞こえた。

「信一郎どの、急にこの船が全帆航海するところを経験したくなりました」

「畏まりました」

あっさり受けた信一郎が、

「金武主船頭、外海航海準備」

の命を告げた。

「外海航海準備」

と高櫓で復唱され、整列していた一族の面々がまず兵装を解くために砲甲板へと駆け下り、銃を兵器庫に仕舞い込むと再び身軽な姿で上甲板に現れた。

その何人かが舳先や両舷《りょうげん》の持ち場につき、さらには二檣の帆柱の見張り楼に猿《ましら》のように駆け上がり、見張りについた。

碇《いかり》が上げられ、静かな海に待機していた二艘《そう》の引き船が大黒丸を引っ張って、断崖《だんがい》の間の切れ目に舳先を立てるように停船させた。

洞窟の左右の岩場から先端に重しがついた細綱が投げられ、大黒丸の水夫が虚空《こくう》で縄を摑《つか》むと一気に船内に引っ張り始めた。するとその細綱の先には太い麻縄が縛られていて、それが舳先に引き上げられると、大黒丸の両舷先端に固定された。

「静かな海出航、洞窟内細心注意、微速前進！」

金武主船頭の命が発せられると同時に船内のあちらこちらに松明が灯されて、太い麻縄ががらがらと轆轤《ろくろ》に引かれるのか動き始めた。

洞窟の左右の鉄輪《かなわ》に麻縄が巻かれて、ゆっくりと動いていき、大黒丸も洞窟内へと入り込んでいった。

「これはなかなかの工夫にございますな」

「勝臣様もかような船隠しを見たことはございませんか」

「交趾の海岸地帯にも断崖はございますが、かような仕掛けを持つ船隠しはございません」

幸地達高が大黒丸の操舵場、本来の持ち場に戻って、配下の舵方に操船を細かく指示していた。

静かな海から水路を伝い出たところで麻の太縄が海に投げ落とされ、両側の轆轤が人力で回って太綱が巻き上げられていった。

深浦の入り江に出た大黒丸は、前檣の下段の帆と補助帆、縦帆を張ってゆっくりと第一の水路に向かった。

四半刻《しはんとき》（三十分）後、船底に真水を入れた樽《たる》を積んだだけの大黒丸は観音崎を回わり、浦賀水道を抜けて、右手に剣崎、左手に安房《あわ》、上総《かずさ》の陸影を見ながら、軽やかにも外海に出た。

「勝臣様、どちらに船を向けますな」

と信一郎が外海に出てさらに生気を取り戻した今坂勝臣に尋ねた。

「南西に願おうか」

「畏まりました」

と応じた信一郎が、

「金武主船頭、坤《ひつじさる》に舳先を向けてくれ」

「畏まって候」

大黒丸は四枚の主帆に風を受けて全速航海に移っていた。

勝臣が上甲板から舳先に上がり、補助帆がばたばたと鳴るのを間近に感じながら、全身に海風を受けていた。

信一郎がちらりと三長老の様子を窺《うかが》い、舳先に向かった。

「仲蔵さん、信一郎に任せてよいのかのう」

と安左衛門が呟いた。

「申しましたぞ、安左衛門様。若いものは若い者同士で話が合いましょう。われらの出番は、勝臣様が胸の中を素直に吐露なされたときにございます」

「二人が間違った答えを出すと仲蔵さんは考えておられるか」

「むろん、その可能性がないこともない。その折はわれらが知恵を貸すまで。じゃが、その必要はなかろうと思います」

「そうであろうか」

と安左衛門が呟き、三長老が舳先に立つ今坂勝臣と鳶沢信一郎の背を見た。

舳先に立つ二人の視界に大島の島影が見えてきた。

「信一郎どの、この船は異国との交易に使われるものですね」

「いかにもさようです。六代目総兵衛様の死後、七代目勝成様は異国との交易は認められましたが、大黒屋の船が長駆異郷に出向くことは幕府の意向を重んじられて禁じられました。ために琉球の出店を拠点に安平《アンピン》、上海、香港辺りに数年に一度遠出するのが精々にございました」

「とはいえ、異郷に交易で出かければ海賊船などに遭遇しましょうな」

「時折、そのようなこともございます。ために上甲板下に一層だけ砲甲板を設けて、商い船が持ちうる程度の十八ポンド艦上砲を四門ずつ八門装備しております」

「演習は時に行われますか」

「むろん大商いに出る前には外海に出て、実射訓練を行います」

「見てみたいものです」

「砲撃まで行いますか」

「まずは仕度を」

信一郎が舳先から操舵場の高櫓に向かって、

「砲撃訓練準備」

の声を張り上げると金武主船頭が復唱し、砲甲板下で慌ただしく動き回る気配がして、

がたがた
と音を立てて砲門が開いた。

「砲撃準備完了」

の声が砲甲板から響いてきて、信一郎が勝臣を見た。

「一門目を私の合図で砲撃して下され。二門目と三門目も間隔をあけた私の合図で続けて下され」

「畏まりました。狙《ねら》いはどちらに」

「大海原に」

「畏まりました」

大黒丸は大島の島影を横目に全速力で帆走しながら、一撃目の十八ポンド砲の砲撃の後、十を数えて二撃目が、二十を数えて三撃目が発射されて砲撃実戦訓練は終った。

「信一郎どの、私の願いをよくぞ聞き入れてくれました。次は私が信一郎どのや三長老にお返しする番です」

「お返しですと。なんのことにございましょうな」

「船を大島の東海岸行者窟《ぎょうじゃくつ》に向けてくれませんか」

信一郎は大黒丸を東に向けるべく高櫓に叫び、三長老が顔を見合わせた。

第四章　三檣《さんしょう》帆船

一

大黒丸の舳先《へさき》に勝臣と信一郎が並んで立ち、行く手の島影を見ていた。

大島は温暖な気候に恵まれ、房総半島と伊豆半島が大海原に突き出したところ、二つの半島の先端とほぼ並行して、その真ん中に浮かぶ島であり、江戸に出入りする船を見守るような好位置にあった。

島は水深九百尺（約二七三メートル）から千二百尺（約三六四メートル）の海底からそびえる活火山であり、島内は海方と呼ばれる新島《にいじま》、岡田、山方と呼ばれる竃方野増《のまし》、差木地《さしきじ》、泉津《せんづ》の五か村に住人が住み暮らし、後に差木地から波浮《はぶの》湊《みなと》村が分村した。

島では田圃《たんぼ》がなく米が穫れなかった。大麦、里芋、大根、大豆が主たる農作物で、米の代わりに塩が年貢《ねんぐ》に用いられた。

海から望むとき、島の目標は煙を吐き続ける火の山だ。

島の中央に火口があって、安永六年（一七七七）から足掛け三年にわたり、大噴火をなしたばかりだ。そのためもあって、島の東海岸は人も生き物も寄り付かない。そんな切り立った海岸地に行者窟《ぎょうじゃくつ》と漁師に呼ばれる一帯があった。

海底から尖《とが》った岩峰が海面に突き出して、切れ込んだ入り江を形成し、そこへ波が複雑にぶつかりあうために地元の漁師も近づくことはしなかった。

大黒丸の金武陣七主船頭は、海人の勘で危険を察知したか、二本の帆柱の上帆を縮小させて横桁《よこげた》に固定させ、見張り楼に何人もの要員を配して海底から海面近くに突きあがった岩を監視させた。

大黒丸の船上から奇怪なかたちの行者窟の詳細が肉眼でも見えるようになり、勝臣が信一郎に大きく回り込むように告げた。

信一郎はその意思を艫《とも》の高櫓《たかやぐら》の金武主船頭に伝え、大黒丸は大きく面舵《おもかじ》を切った。

「主船頭、異国の船が行者窟の陰に停泊してますぞ!」

と見張り楼が驚きの声を張り上げ、舳先にいる信一郎の眼にもガレオン型三檣の巨大帆船の舳先が映じてきた。海運王国イギリスなどではバーク型と呼ばれる三本帆柱の帆船だった。

「勝臣様の船にございますな」

「安南政庁のために営々と奉公してきた今坂家に残されたただ一つの財産にございます。われら、不意を打たれた結果、帆船イマサカ号に一族百五十数人があわただしくも乗り組んで海に逃れたのでございますよ」

「勝臣様、およそ一月前、駿府久能山沖に一夜碇《いかり》を入れられませんでしたか」

「鳶沢《とびさわ》一族の眼は逃れられませんでしたか」

と微笑《ほほえ》みの顔で応じた勝臣が、

「深夜、私一人久能山の海岸に小舟を寄せて、久能山の石段を登ってお参りを致しました」

ふっふっふ

と信一郎が笑みを漏らした。

その信一郎の眼に大黒丸の何倍もあろうかというガレオン型大型商船とも戦艦ともつかぬかたちの大船がひっそりと停泊しているのがはっきりと見えてきた。

「おおっ」

と三長老が驚きの声を上げた。

「光蔵さん、仲蔵さん、見たか。舳先に飾られてあるのはわれらが鳶沢一族の紋章、双鳶《ふたつとび》の像じゃぞ」

安左衛門が仰天の声を漏らした。

「なんと大きな三檣帆船か。舳先から丸い船尾まで二百尺（約六〇メートル）は優に超えておろう。主帆柱も船長に匹敵して空に聳《そび》えておるわ」

と光蔵も感嘆した。

舳先から突き出した船首像はたしかに双鳶だった。

喫水から上甲板までの高さは大黒丸の三、四倍の高さがあって、四、五十尺は優にあった。ということは喫水下に二層ほど隠れているということか。

仲蔵は三檣の帆柱の主檣《メインマスト》と前檣《フォアマスト》は船の長さを超えており、海面から二百数十尺は十分にありそうな高さと見た。三檣のうちで一番低い後檣《ミズンマスト》ですら百二、三十尺あった。船幅は六十尺を超えていよう。

大黒丸がイマサカ号に近づいたとき、信一郎は身震いした。

この巨大帆船が主帆八枚、補助帆七、八枚を風に膨らませて疾走する光景を頭に思い描いたからだ。

最上後甲板から何層の甲板があるのか、砲甲板だけでも三層はありそうに思えた。だが、新造の帆船は長い航海ゆえにか、疲れた様子が窺《うかが》えた。

大黒丸がイマサカ号の左舷側《さげん》に接近していった。和船の中では最大の大黒丸だが、まるで大人と子供の違いがあった。

舳先の勝臣が異国の言葉で叫んだ。

すると鉄砲を携えた水夫《かこ》たちが何十人も姿を見せて、歓呼の声で勝臣を迎えた。さらに勝臣が叫ぶと水夫たちの姿が消えて、船縁《ふなべり》から吊索《つりさく》が下ろされて大黒丸がイマサカ号と舷側を合わせるように舫《もや》われることになった。

金武主船頭の命で鳶沢一族の水夫らは、巨大帆船にぶつけられて破壊されぬように船と船の間に竹束を投げ入れて衝撃を減じた。

イマサカ号から簡易階段が滑車の力を利用して下ろされ、大黒丸との間に固定された。

勝臣が大黒丸の舳先を下りて、三長老に微笑みかけた。

「これまで勝臣の無理な願いをようもご長老方、聞き届けてくれました。鳶沢一族の秘密をこの今坂勝臣に開陳してくれたお礼にわが持ち船イマサカ号にお招き申します」

「この帆船は勝臣様の持ち船か」

と安左衛門がいささか茫然《ぼうぜん》とした表情で尋ねた。

首肯する勝臣に、

「この帆船で交趾《こうち》から参られたので」

と光蔵が問うた。

「いかにもさようです。交趾ツロンの地を追われたのは半年も前のことにございました」

「勝臣様、途中久能山沖に停泊なされましたな」

と琉球の出店を任され、唐人船や南蛮船に馴染《なじみ》の深い仲蔵が倅《せがれ》と同じ質問をなした。

「信一郎さんにも見透かされました」

「やはりそうでありましたか。巨《おお》きな船とは申せ、初めての海に乗り出された勇気に仲蔵、感服仕《つかまつ》りました」

と微笑みかけた。

「イマサカ号を六代目総兵衛様ゆかりの大黒丸と合わせ、故郷の湊に戻ったような気が致しました。ささっ、イマサカ号にどうぞ乗船下され」

と勝臣が三長老と信一郎を招いた。

勝臣の案内でイマサカ号の上甲板に上がった三長老と信一郎は、主甲板の広さにまず驚かされた。最上後甲板とその前の操舵室《そうだ》がある後甲板を除くと広々としており、その右舷側に今坂一族が主《あるじ》たる勝臣を出迎えるために整列していた。

「三長老、閲兵を願います」

と勝臣が呼びかけた。

「勝臣様、われら鳶沢一族と今坂一族が初めて対面する場にございます。大黒丸の鳶沢一族を呼んでもようございますか」

と信一郎が願った。

「おおっ、迂闊《うかつ》にございました。ぜひお呼び下され」

勝臣の許しに信一郎が、

「暫時《ざんじ》お待ちを」

というと簡易階段を走り下りて、主船頭金武以下大黒丸に乗り組んでいた一族四十数人に、

「第一正装に銃を携帯して再集合せよ」

と命じた。

総員が船室や砲甲板下に駆け込み、正装に武器携帯でたちまち上甲板に姿を見せた。

信一郎も海老茶《えびちゃ》の戦衣に大小を手挟《たばさ》んで鳶沢一族の戦士の姿に戻っていた。

大黒丸は戦艦ではない、商船だ。

だが、琉球を拠点に東シナ海を航行するとき、海賊船の襲来に遭遇すること

があった。ために大砲八門を備え、水夫たちは主船頭ら数人の操舵方を除いて戦闘員に早変わりした。また交易地に到着して上陸を許されたとき、正装に着替えるのは船乗りの礼儀であった。

「皆に申す。われら鳶沢一族は、今坂勝臣様が率いられる今坂一族が乗り組むイマサカ号に招かれた。商い船大黒丸の乗員たる矜持《きょうじ》を忘れることなく、お招きに応じよ」

と鳶沢一族の戦士鳶沢信一郎に戻った口調で命ずると、信一郎を先頭に簡易階段を上がった。

途中から鼓笛隊の調べが流れてきて信一郎は、

「歩調をとれ」

と命じた。

「勝臣様、お待たせ申しました」

と信一郎らが鳶沢一族を率いて再びイマサカ号の主甲板に姿を見せると、一族の者に一列横隊で整列させた。

「信一郎、そなたが勝臣様の一族を閲兵せえ」

三長老の一人であり、父親でもある仲蔵が命じた。

三長老は、無腰で大黒屋の商人のなりであった。ために鳶沢一族の戦衣を身にまとった信一郎に代役を命じたのだ。どうやら三長老で話し合った結果らしい。

「勝臣様、お願い申す」

信一郎が鳶沢一族を代表して今坂一族を閲兵することを願った。

後甲板の上に待機した鼓笛隊の傍らには十数人の女衆《おなごし》がいた。身にまとわりついた薄衣の原色が秋の昼さがりの陽射しを浴びてまぶしかった。

勝臣が一族の二列横隊の端に向かい、信一郎が従った。

鼓笛隊の調べが高鳴り、勝臣の歩調に合わせ、信一郎が今坂一族を閲兵した。

およそ百年前、六代目総兵衛がつないだ二つの一族の縁者がここに再会したのだ。

信一郎はツロンの地に根を張ってきた今坂一族が日本人の血を守りつつも交趾の民と融合した結果の、精悍《せいかん》な面魂《つらだましい》を見ていた。

浅黒い肌にしなやかな体付きを持った一族だった。

「光蔵さん、仲蔵さん、われら、どちらに流れ行こうとしておるのか」

と安左衛門が思わず戸惑いの言葉を漏らした。

「安左衛門様、私にもわかりませぬ。じゃが、明らかなことはわれら鳶沢一族と今坂一族がイマサカ号船上に出会《でお》うたという一事です。これは六代目とソヒ様があの世から願われたことにございますぞ」

「仲蔵さん、今坂一族も六代目が蒔《ま》かれた種の一つにございますかな」

と光蔵が仲蔵に尋ねた。

「今坂一族も鳶沢一族も未曾有《みぞう》の危機に遭遇しております。それを乗り越えるには二つの力を合わせるしかない」

「勝臣様が十代目に就くということじゃな」

「むろんのことにございます」

と仲蔵が言い切った。

「仲蔵さん、われら、鳶沢一族に受け入れるのは勝臣様お一人と思うておった。一族百五十余人をどこへ住いさせるな」

と安左衛門の心配の種は尽きなかった。

「そのことじゃ、いきなり富沢町では大騒ぎになろう、駿府の鳶沢村かな」

「光蔵さん、私も最前から考えておりました。女衆や男衆《おとこし》にはまず深浦の船隠しの総兵衛館に住いしてもらい、段々とこちらの暮らしに慣れていかれるのがよろしいかと思いますが、いかがでございますな」

「深浦の静かな海なれば、百五、六十人が暮らすのに支障はあるまい。もし望みなれば琉球の首里店に男衆を配置するのも手かのう」

「ともあれ、鳶沢一族に池城一族が溶け合うたように此度《こたび》もうまくいきましょう。なにしろ長は勝臣様にございますでな」

「いかにもいかにも」

安左衛門が請け合ったところに閲兵を終えた勝臣と信一郎が戻ってきた。

「勝臣様の一族、なかなかの面魂にございます」

と信一郎がいい、

「三長老、イマサカ号の停泊地をどこに致しますな」

と聞いた。

「それじゃ、深浦の静かな海にイマサカ号を入れられればそれが一番安全じゃがな」

と仲蔵が答え、信一郎が頷《うなず》いた。

「私も最前からそのことを考えておりました。勝臣様、深浦の入り江からあの切り立った水路を通らねばなりません。イマサカ号は抜けられると思われますか」

勝臣が富沢町で深浦の船隠しを見たいと言い出したのはこのことがあったからだと信一郎は考えていた。

「引き潮の刻限なれば、なんとか抜けられるのではないかと思います」

勝臣の言葉に信一郎が夕暮れ前の光を確かめた。

「今宵《こよい》の引き潮に試してみますか。ともあれ、イマサカ号は急ぎ深浦の入り江に移すほうがよい」

「お願いできますか」

と勝臣が応じて、巨大帆船イマサカ号と大黒丸が深浦の静かな海へと向かうことが決まった。

信一郎は金武主船頭と舵方《かじかた》の幸地達高をイマサカ号に残して、イマサカ号の船長に深浦の地形を絵図面で説明させたいと提案した。

「それはよいお考えで」

イマサカ号と大黒丸に急ぎ、

「碇《いかり》上げ」

の命が下った。

三長老と信一郎、それに大黒丸の舵方の幸地の五人がイマサカ号に残った。

今坂勝臣の居室は後甲板の最上階にあって、集まりができる部屋の楕円《だえん》の卓には日本海域の海図が広げてあった。

幸地達高は持参した深浦の絵地図と断崖《だんがい》の間を抜ける海峡と巨大な洞窟の絵図面と縮尺図をイマサカ号の航海方に見せた。

航海方の若者グェン・ヴァン・チは、勝臣の従兄弟《いとこ》とかでわずかながら和語が喋《しゃべ》れたし、また達高とチは唐人語を解したので、意思の疎通《そつう》が図れることが分かった。

なにより二人は海の男たちであり、船を愛する人間たちだったからすぐに打ち解け、イマサカ号が九丁（約九八二メートル）にわたる洞窟を抜ける秘策をあれこれと話合い始めた。

それを確かめた勝臣が、

「三長老、信一郎どの、こちらへ」

と別室に案内した。するとそこは勝臣の居室か、調度品も贅沢《ぜいたく》ならば部屋も広々としていた。

壁の一面は異国の文字を連ねた万巻の本が詰められた棚であった。

「私がいちばん好きな部屋にございます」

と言った勝臣が書棚の一角を横へとずらした。するとそこに二枚の絵が飾られてあった。

「おおっ」

と安左衛門が驚愕《きょうがく》の声を上げた。

六代目鳶沢総兵衛勝頼とソヒが舟遊びにでも出かけた光景か、緑に囲まれた湖に浮かべた小舟に乗る様子が描かれていた。

「なんとお幸せそうな総兵衛様か」

とただ一人総兵衛を知る安左衛門が呟《つぶや》いた。

勝臣が異国の酒の入ったぎやまんの器とグラスを持参し、三長老と信一郎にグラスを渡すと赤い酒を注いだ。

その時、イマサカ号の巨大な碇が巻き上げられる物音が勝臣の居室にまで響いてきた。

「これほど早く鳶沢一族に迎え入れてもらえるとは存じませんでした」

と言った勝臣がグラスを目の高さに上げた。

「鳶沢一族と今坂一族の繁栄に」

と勝臣がいい、

「勝臣様のご壮健と二つの一族の融合に」

と信一郎が受けて、勝臣がにっこりと微笑み、酒を飲み干した。

「三長老、信一郎どの、聞かずにおこうと思うて江戸に参りました。だが、曾《そう》祖母《ぼ》の絵を見たら、その非礼を口にしようかと思います」

「勝臣様、なぜ六代目総兵衛様はツロンに戻らなかったか。なぜソヒ様に会いにいかれなかったか」

「いかにもさようです。どなたかこの問いに答えられるお方がございますか」

「生前の六代目を承知なのはこの私、安左衛門だけにございます、勝臣様。それも私が子供の折の記憶でございますでな、その問いにしかとは答えられませぬ。じゃが、一族の間に六代目の内儀美雪様が、総兵衛様が異国に出ることをひどく嫌がられたせいという説が根強くございました。それは確かなことにございましょう、美雪様は六代目が海で遭難死したとして髪を下ろされたほどにございましたからな。しかしながら意志の強い総兵衛様がそれだけの理由で海に出られなかったかどうか、この安左衛門には分かりかねます」

と正直な気持ちを吐露した。

「勝臣様、噂《うわさ》の類《たぐい》なればいくらもございます。たとえば海外渡航を禁じた幕府の厳しい監視が大黒屋周辺に向けられていたというようなことです。これも真実の一端かもしれませぬ。されど六代目がなくなって七十年が過ぎた今、それが真実かどうか確かめる術《すべ》はございません」

「いかにもさよう」

「勝臣様、ソヒ様に対する六代目の背信をお許し下され」

と信一郎が詫《わ》びた。安左衛門がなにか言いかけたがやめた。

「信一郎どの、そのことを責めるためにあなた方に会いに来たのではありませ

ん」

と勝臣が応じて、信一郎が頷き返しつつ言った。

「今坂ご一族に六代目総兵衛様が今も慕われておる事実、そして、勝臣様がわれら鳶沢一族を訪ねてくれた一事だけは紛れようもない真実です。そのことを六代目総兵衛の末裔《まつえい》たるわれらはすべて受け入れます。そのことがソヒ様の積年の哀《かな》しみを癒《いや》すただ一つの術かと存じます」

信一郎の言葉に勝臣が大きく頷いた。

イマサカ号が帆に風を孕《はら》んだか、ゆっくりと動き出した。

新たな酒が互いのグラスに注がれた。

二

日没後、大黒丸に導かれたイマサカ号は、惰性を利用して深浦の断崖の割れ目に巨体を入れた。

八枚の主帆、補助帆、船尾の縦帆はすでに縮帆されていた。

大黒丸からの連絡狼煙《つなぎのろし》で鳶沢一族が乗った引き船二艘《そう》が待機していたが、巨体の舳先《へさき》に向かって引き綱が投げられ、二十丁櫓《ろ》の引き船二艘の引き綱がぴーんと張られた。

惰性で進んでいたイマサカ号に四十丁の櫓が力を合わせ、深浦の入り江に巨体をゆっくりと滑り込ませた。

これで浦賀水道を通る船からイマサカ号は見えなくなった。

イマサカ号はさらに静かな海への洞窟《どうくつ》水路に船首を向けた。

水路の中には松明《たいまつ》が何十本も灯され、黒々とした洞窟水路が恐ろしげに口を開いているのが見えた。

引き潮のせいで水位が下がっていた。

見張り楼に立つ今坂一族の者たちが主檣《しゅしょう》の高さと洞窟水路の高さを比べて、なんとか抜けられそうだと操舵《そうだ》場に知らせてきた。

引き船の引き綱に替わり、大きな轆轤《ろくろ》で引かれる麻の太綱がイマサカ号の両《りょう》舷《げん》先端に引き上げられて、結ばれた。

航海方のグェン・ヴァン・チと大黒丸の操舵方にして副船頭の幸地達高が打ち合わせどおりにイマサカ号の操舵室に陣取り、大轆轤が人力で動き始めるのを待った。

洞窟水路に、

「大轆轤を巻くぞ!」

の声が木霊《こだま》してそれが次々に伝えられてイマサカ号の幸地達高に届いた。

「太綱が巻かれます」

「承知した」

と短くグェン・ヴァン・チが受け、操舵場に異国の言葉で告げた。

そのとき、洞窟水路の入り口の鳶沢一族の者が松明を大きく振って大轆轤が回り始めたことを告げた。

イマサカ号の両舷には今坂一族の男衆が並んで、船体が両側の断崖へ衝突しないように注視していた。

ガレオン型巨大帆船の船首の双鳶《ふたつとび》が洞窟水路に入り込み、太綱がゆっくりと確実に鉄輪《かなわ》を軋《きし》ませながら静かな海へと導いていく。

イマサカ号の見張り楼と両舷の監視員からは次々に報告がなされ、それを受けたグェン・ヴァン・チ航海方が舵輪を微妙に調整した。

「水深十七尋《ひろ》（約三〇メートル）、洞窟幅三十一間（約五六メートル）」

幸地達高が刻々と変化する洞窟内の情報をグェン・ヴァン・チに伝えていく。グェンは洞窟の絵図面を睨《にら》みながら慎重に操船していった。

後上甲板上に今坂勝臣と三長老と信一郎の五人がいたが、イマサカ号は今やすっぽりと洞窟水路に船体を覆《おお》われて進んでいた。

「おお、見よ、帆柱の上と天井の間に一丈半（約四・五メートル）の余裕があるかなしかだぞ」

と光蔵が叫んだ。

仲蔵は両舷と左右の岩壁を確かめていたが、それぞれ十数尺から二十尺（約六メートル）の余裕があるだけだ。

「洞窟水路、最大の難所じゃぞ」

と光蔵が左にゆるやかに曲線を描きながら、洞窟幅が一番狭い個所に差し掛かったことを漏らした。

「グェンどの、左に曲がりながら洞窟が一番狭まっておる。船首を右の岩壁ぎりぎりまで進めてゆっくりと取舵《とりかじ》を切ってくだされ」

「了解」

操舵場のグェン・ヴァン・チと幸地達高は、もたらされるあらゆる情報を加味して慎重に舵輪を調整し、イマサカ号を進めた。

「グェンどの、左舷側に接近しておる」

幸地が二人の間に通じる言葉を駆使し、絵図面を指しながら教えると、

「分かった」

と微調整して巨体を右舷側に戻した。

「内海に入る前に時に突風が吹きこむことがある」

「了解した」

航海方と操舵方の二人の息はぴったりと合い、完璧《かんぺき》な操船を続けていた。

「おおっ、左舷側の船腹と岩棚の間が二間（約三・六メートル）の余裕もないぞ」

「当たらぬか、光蔵さんや」

「安左衛門様、なんとかすり抜けられそうな」

後上甲板上から見ても洞窟内の岩壁に刻まれた道に立つ鳶沢一族の見張りの面々の驚愕《きょうがく》の表情がはっきりと見えた。

何者か、鳶沢一族の行動にか、イマサカ号の静かな海への進入に気付いたか、注意を払う者がいた。

「あともう少しじゃぞ」

「難所は抜けた、ほら、もう一息」

光蔵と安左衛門が操舵場に向かって声援を送り、イマサカ号甲板に涼風が吹き抜けて、船首はすでに静かな海に到達していることを告げた。

イマサカ号を迎えたのは突風ではなく涼風だった。

わあああっ！

という驚きの声が響いて、静かな海にイマサカ号の全容が知れた。

船隠しを圧するばかりの大きさにさすがの鳶沢一族の戦士たちも圧倒されていた。またイマサカ号に乗り組んだ今坂一族の衆も静かな海の穏やかな様子に故郷に戻りついたような安堵《あんど》を感じていた。

信一郎が勝臣に、

「深浦の船隠し、静かな海によう参られました。われら、鳶沢一族、心より歓迎申し上げます」

と改めて今坂一族の到来に祝意を述べた。

「信一郎どの、あなた方の気持ち、勝臣と一族、有難くお受け申す」

二人は肩を抱き合い、二つの一族が出会ったことを喜び合った。

「勝臣様、長い航海にございましたな。この地がご一統の安住の地になりますようにわれら鳶沢一族どのようなことでもお受け致しますぞ。なんなりとお命じ下され」

と傍らから安左衛門が言い、勝臣が三長老と次々に握手を交わした。

静かな海にイマサカ号の船首両舷から巨大な碇《いかり》が二つ静かな海の水面へと大《おお》飛沫《しぶき》を上げて投げ落とされ、イマサカ号が完全に停船した。すると両舷から簡易階段が下ろされ、そこへ鳶沢一族の船が続々と集まってきた。

「勝臣様、この国になれるためにしばらくご一族はこの深浦の船隠しで暮らしてはいかがにございましょうか」

「信一郎どの、女子供は船の暮らしに飽き飽きしておる者もおります。きっと大喜びすることにございましょう」

「交趾に比べればこの国の冬は厳しゅうございましょうが、ここはそれでも温暖の地ですでな」

駿府鳶沢村の村長《むらおさ》の安左衛門がいい、

「有難いことです」

と勝臣が受けた。

「三長老、信一郎様、宴《うたげ》の仕度は出来ておりますぞ」

と深浦の船隠しの浜の長、片足が不自由な壱蔵《いちぞう》が松葉杖《まつばづえ》を振り回しながら水上の伝馬《てんま》から叫んだ。

壱蔵は大黒丸の船手代時代に事故で左足を失い、自ら望んで船を下り、深浦の船隠しで一族の下働きとして奉公するようになった男衆だ。

「勝臣様、ご一族に下船を告げられて下さい。この船隠しには歴代の総兵衛様が滞在なさるための館《やかた》がございます。ご一族が暮らしていくに十分な部屋数もございます」

「信一郎どの、鳶沢一族の頭領が逗留《とうりゅう》なさる館にわれら一族が住いしてよいものでござろうか」

「六代目総兵衛様がツロンに訪ねられた折、そなた様のご先祖はどのような歓待をなされたのでございますな。それに比べれば、われらのそれは足りぬかと案じております」

「お受けしましょう」

勝臣が鷹揚《おうよう》に言い、後上甲板の端に立つと上甲板に集まる今坂一族に向かって交趾の言葉で何事か宣告した。長の話を聞いていた一族の間から歓声が上がり、一族の人々が手荷物だけを持参して下船の仕度を始めた。

信一郎は壱蔵を呼ぶと、

「船隠しと深浦の浜界隈《かいわい》の見張りを強めよ」

と最前感じた危険を告げた。

「信一郎様、承知仕《つかまつ》りました」

松葉杖をついた壱蔵が簡易階段を素早く下りて一艘《そう》の小舟に飛びのり、船隠しの浜に戻れと配下の者に命じた。とても足が不自由な人間とは思えない機敏さだ。

「勝臣様も深浦の館に参られませ」

信一郎の言葉に勝臣が頷《うなず》き、三長老が後上甲板から主甲板に下り、簡易階段を伝って鳶沢一族の伝馬に乗り換えた。

「勝臣様、イマサカ号には女衆《おなごし》も乗船されておるとのこと、お身内にございましょうな」

「父と母は安南の政変の折、敵方に騙《だま》されて毒を盛られて亡《な》くなりました」

「なんともお労《いたわ》しいことにございます」

「わが身内は妹と弟が一人ずつ、大叔母が二人同行しております」

「勝臣様、失礼を顧みずお尋ね申します」

「嫁はおるかとの問いにございますな」

と勝臣が笑い、三長老が耳を欹《そばだ》てた。

「残念ながら未《いま》だ独り者にございます」

「それはお寂しかろう」

安左衛門が何事か考え込むように黙り込んだ。

「安左衛門様、勝臣様の嫁のあてを考えておいでですか」

「信一郎、図星じゃ。勝臣様の嫁じゃぞ、見目麗《うるわ》しゅうて賢こうなくてはならぬ。たれぞ心当たりはないか」

と光蔵と仲蔵を見た。

「安左衛門様、いささか早うございませぬか」

「で、あろうか」

「すべては勝臣様とお身内、ご一族が落ち着かれた後のことでしょう。また勝臣様にはご自身のお考えがございましょうし」

と信一郎が答えたとき、深浦の船隠しの船着場に伝馬が到着した。

勝臣は煌々《こうこう》と灯された行灯《あんどん》の灯りに、深浦の船隠しの浜一帯を見回していたが、

「信一郎どの、あれは造船場ですか」

と船隠しの東方の入り江にある建屋を指した。ちょうど大黒丸より小型の船が建造されていた。

「いかにも造船場にございます。大黒丸もこの船隠しの造船場で建造されたも

のです。勝臣様、いつの日か、イマサカ号のような三檣《さんしょう》のガレオン船を造ることができるとよいのですが」

「信一郎どの、できますとも。わが一族にはこのイマサカ号の建造に携わった船大工の棟梁《とうりょう》と部下が加わっております」

「それはなんともうれしい知らせにございますな」

「信一郎どの、イマサカ号はこの半年の航海で傷んだ箇所がございます。この船隠しを使って修繕しとうございます」

「われらの船大工にも手伝わせて下さい。西洋の帆船の仕組みが学べます」

と笑みを浮かべた信一郎が、

「ささっ、深浦の総兵衛館にご案内申します」

と勝臣を船着場へと誘った。

六代目総兵衛が交趾から自力で琉球を経由して江戸に戻った後、海外交易で得た巨額の利益を投じて、深浦の船隠しの拡充・建設に手をつけた。

まず深浦の入り江から自然の洞窟《どうくつ》を利用して静かな海に通じる水路の開発か

ら始め、さらに総兵衛館の建設にかかる途中に六代目は亡くなった。

六代目の遺志は七代目の勝成、八代目の勝雄に受け継がれ、完成を見た。

静かな海の東南の浜一帯に船着場と造船場と物産蔵七つを設け、その背後に総兵衛館と称する城館が完成されていた。

この深浦の船隠しの物産蔵に琉球首里店で集められた異国の品々が大黒丸などで運び込まれ、小分けにして富沢町の内蔵に移送された。

総兵衛館は湊門《みなともん》と山門を持ち、およそ五万七千坪の高低差のある敷地の周りは静かな海から引き込んだ水を湛《たた》えた堀が取り巻き、侵入者を容易《たやす》く寄せ付けない仕組みになっていた。

総兵衛館には長屋があって鳶沢一族と池城一族が常駐していた。

イマサカ号に十数人の不寝番を残した今坂勝臣と一族百数十人は、総兵衛館の母屋《おもや》と離れ屋数棟に分かれて住むことになった。

船隠しの長の壱蔵が大黒丸からの狼煙連絡《のろしつなぎ》をうけて、夕餉《ゆうげ》の仕度に掛かっていた。

「異国育ち」壱蔵は大黒丸に乗船した今坂勝臣を見て、

と看破していた。大黒丸から、

「同伴船あり」

の連絡を受けたとき、炊《かし》き方の男衆と女衆を集めて、どのような人数にも対応できるように命じていた。香港《ホンコン》、上海《シャンハイ》、安平《アンピン》、呂宋《ルソン》などから集めた多彩な食材があり、酒もあらゆる種類が揃《そろ》っていた。

壱蔵の判断で一族の宴に供される料理のほかに油を使って炒《いた》めたり、蒸したりする唐人料理が加えられることになった。

今坂一族がそれぞれ部屋に落ち着いた後、総兵衛館の母屋の大広間に二百余の膳《ぜん》が並べられ、宴が始まった。

主卓には今坂勝臣と大叔母の二人に弟君と妹君が並び、三長老と信一郎が同席した。女たちと弟君四人は長の航海で疲れ切っていた。

鳶沢一族を代表して安左衛門が挨拶《あいさつ》し、勝臣が答礼の挨拶を返して、和やかな酒宴が始まった。

「勝臣様、弟妹君らは和語を解されますか」

「残念ながら話せません。総兵衛様が見えた直後、今坂一族の間で和語を継承しようという動きがあったそうですが、安南の混乱もあってすぐに立ち消えになりました。そんなわけで今坂一族の血をひきつつも和語は話せないのです」

「勝臣様は達者な言葉を話されますな」

「今坂一族の嫡男《ちゃくなん》は物心ついたときからこの国の言葉を学ばされるのです。われら今坂一族は、故郷を二百有余年前に離れて異国に住むことになりましたが、常に故郷のことは忘れたことはございません。嫡男と周りの数人だけがなんとか故郷の言葉を忘れぬように努めてきたのです」

「それは大事なことです」

鳶沢一族の三長老は、深更からの長い一日を宴で締めくくろうとしていた。安左衛門など酒を数杯飲んだだけで、こっくりこっくりと船をこぎ始めた。また今坂一族の中にも久し振りの上陸に安心して、食事も早々に部屋に引き上げる者もいた。

信一郎と勝臣が話合い、部屋に引き取る者は遠慮なくそうせよと許しを与えた。

主賓の席から大叔母と二人の弟妹が抜けたが、今坂一族の中核の男衆は、勝臣の周りに集まり、実にうれしそうに談笑していた。

酒を酌《く》み交わしての宴が夜半九つ（午前零時頃）に差し掛かろうとしたとき、壱蔵が信一郎の傍らにきて報告した。

「一番番頭さん、海と山から二手に分かれて侵入者がございます。殲滅《せんめつ》してようございますか」

と許しを請《こ》うた。

「何者か分かるか」

「いえ、それが。二艘の船に分乗した海からの侵入者が二十数人、ただ今深浦の入り江に入り込んであちらこちら探っております」

「山からの侵入者はどうか」

「こちらもほぼ同数の者が鉄砲を各自携帯しておるとのことにございます」

「火縄か異国鉄砲か」

「異国鉄砲かと思えます」

「山の侵入者が鉄砲携帯となれば海の連中も持参していよう」

と応じた信一郎が三長老に報告した。

「殲滅せよ」

と光蔵が命じた。鳶沢一族にとって深浦の船隠しは、「商と武」の生命線だった。なんとしても守り抜く要があった。ために当然な命だった。

「壱蔵、山の連中の始末を頼む。私が指揮して海の連中を殲滅する」

と壱蔵に命じた信一郎が、

「勝臣様、暫時《ざんじ》中座致します」

「話は漏れ聞きました。われらも同道願えませぬか」

「客人の手を煩《わずら》わすこともございませんが」

と信一郎が答えながら、

「俗に腹ごなしと申します。勝臣様、参りますか」

信一郎の言葉に勝臣が頷き、異国の言葉で何事か命ずると宴の席から十人ほどが立ち上がった。

三

今坂勝臣と鳶沢信一郎を乗せた、奇妙な軽舟が真っ暗な洞窟水路に浮かんでいた。この軽舟は、六代目総兵衛に従った船大工箕之吉《みのきち》がツロンで見た小舟に想を得て、深浦に帰った時、造ったものだ。

竹の骨に海豹《あざらし》の皮を張った軽舟は、動きが軽快で扱いも手軽であった。その上、一人乗りから三人乗りと必要な大きさに自在に工作ができ、陸上に上げて持ち運びもできた。

百年の時を経て、軽舟を深浦では、

「海馬《かいば》」

と呼んで住人の貴重な足であり、戦闘に際しては隠密的な乗り物として重宝されていた。

信一郎が勝臣にこの海馬を見せると、

「おおっ、深浦にもかような軽舟がございましたか」

「いえ、六代目総兵衛様の遺産の一つです」

と信一郎が海馬誕生の経緯を語ると、勝臣が二人乗りの海馬の先頭に乗り込み、

「ツロンではもはや廃《すた》れてしまい、使う者はあまり見かけなくなった軽舟ですが深浦で未だかような使われ方をしておるとは」

と感心しきりだった。

櫂《かい》を握った信一郎が後部席に座して、勝臣が今坂一族の海馬隊に出発の合図をした。

静かな海を水澄ましのように渡る今坂一族の得物は鉄砲ではなく、小型の弩《ど》を持参していた。

弩はいしゆみとも呼ばれ、小型ながら強弓に銃の台座が合体したようなかたちをしており、弦《つる》を張ったままに弦受けに止めて、持ち運べた。また発射の時は、台座下の引き金を引けば弓全体を揺らすことなく矢が放たれた。さらにこの原理を応用した弦返しがあるために力をかけずに矢を番《つが》えることができた。ために最大射程が長く、命中精度も高かった。

一方、鳶沢一族は背に前装式の鉄砲を持参していた。海馬に乗り弩を携帯し

た今坂一族を見た信一郎は、鉄砲組の鳶坂一族を洞窟水路の崖路《がけみち》へと先行させた。

遠くから風に乗って船が洞窟に侵入してくる気配が伝わってきた。

洞窟の中央をいくのは信一郎と勝臣の海馬だけだ。今坂一族の海馬隊は左右に分かれて岩壁下に隠密して海馬を進めていた。

「信一郎どの、それがしに関心を持った連中にござろうか」

勝臣は己が富沢町を訪ねたゆえに連れてきた侵入者かと案じた。

「勝臣様、そうではございません。われらがこの数十年の宿敵、公儀お庭番衆かと思えます」

「公儀お庭番とは何者です」

「将軍家直属の忍び集団にございます」

「将軍直属の忍び衆とな、鳶沢一族は隠れ旗本、敵対する間柄ではありますまいに」

「勝臣様、ご説明申します。これもまた六代目総兵衛勝頼様時代から始まったことにございます」

「ほう、どういうことで」

「勝頼様が一年有余の行方不明の後、江戸に戻って参られましたな。その頃より幕府の密偵の眼がわれら一族の周りに険しくも注がれるようになりました。当時も今もこの国では海外渡航が禁じられ、交易も長崎に限られたものにございます、その定めを六代目はあっさりと踏みにじられた。いわば幕府の威信を落とされた」

「そこで隠れ旗本六代目総兵衛様に不信と反感が持たれたということですか」

「まあ、そうことにございましょうか。あの時以来、影御用は途絶えました。今か鳶沢一族が家康様と交わした信頼関係はこの百年、薄まっておりました。今から六年前のことです。寛政八年（一七九六）の八月、イギリス国のプロビデンス号が蝦夷《えぞ》の絵鞆《えとも》（室蘭）港に来航して薪水《しんすい》を願いました。イギリス国ではわが国に目をつけて近海を測量していたのです。この事件をきっかけに幕府では蝦夷地東部を幕府直轄《ちょっかつ》領に移して北方の防備にあたり始めました。また今年の二月にはおろしゃの船がしばしば蝦夷地を窺《うかが》うようになり、幕府は蝦夷奉行を設置したばかりです。幕府の内外では、これまでどおりに鎖《とざ》して交易を絶ち続けることが是か非か、議論が高まっております。幕閣の一部からこのような動きに鳶沢一族が呼応するのではないかとの危惧《きぐ》が呈されたそうな、公儀お庭番衆の目が鳶沢一族の周りに改めて注がれるようになったのです」

「そこへ私が飛び込んだ」

「まあ、そういうことにございます」

「どうやら六代目総兵衛様のツロン再訪が叶《かな》わなかった理由がこのへんにありそうな」

「勝臣様、おそらく理由の一つにございましょう。六代目は心中切歯しながら機会を窺っていたが交趾再訪の夢は叶わなかったのです」

信一郎の前の勝臣の頭が大きく頷《うなず》いた。そして、明かりもなしに侵入してくる船影二艘《そう》が二人の眼になんとか見分けられるようになった。

船影が三十間（約五四メートル）余と接近したとき、敵方も一艘波間に漂う海馬を発見した。

「何者か」

「それはこちらの問いですぞ」

と信一郎がせせら笑った。

「公儀お庭番衆と見た。われらが秘密に触れた以上、生きて帰すわけにはいきませぬ」

「ぬかせ」

信一郎が、ひゅっ、と指笛を吹いた。すると洞窟《どうくつ》水路の岩棚の道から強盗《がんどう》提灯《ぢょうちん》の灯りが一条二条と照射され、五丁櫓《ろ》の早船に分乗した黒衣のお庭番衆の姿が浮かび上がった。

「灯りを撃ち砕け」

頭が配下の鉄砲組に命じた。

「止《や》めておきなされ」

と信一郎が海馬を斜めにして言いかけた。

「己《おのれ》は大黒屋総兵衛か」

「いえね、一番番頭にございます」

「大黒屋の船隠しに立ち入る」

「なんのためにございますな」

「大黒屋は異国の国々と常につながりを保ち、公儀の定法を踏み破って交易に従事しておる、その真偽を確かめる」

「公儀お庭番衆が務める御用とも思えず、そなた方の背後におられるのはどなたですかな」

「古着問屋の番頭風情《ふぜい》が関心を持つべき筋とも思えぬ」

ふっふっふ

と信一郎の口から笑いが漏れた。

五丁櫓のお庭番衆が鉄砲を構え、勝臣と信一郎に狙《ねら》いをつけた。

両者の間は今や十数間余と接近していた。

「勝臣様、われら鳶沢一族は時に非情に徹したゆえに家康様以来の秘密を保ってきた一族にございます」

「始末せよと申されるな」

「いかにも」

「承知した」

勝臣が弩を振り上げた。すると洞窟水路の岩陰の闇《やみ》に潜んでいた海馬の今坂一族十人が一人乗りの海馬を操り、二艘の早船を半円に一気に囲んだ。

お庭番衆の鉄砲の銃口が左右の海馬隊に狙いを変えた。

だが、今坂一族は迅速だった。

弩の狙いを一瞬にして定めると、引き金が引かれ弦受けが下降して、太い短矢を番えた弦が離れた。

びしりびしり
という弦が鳴る音が律動的に洞窟に響いた。

短矢が海面すれすれに一気に飛んで早船のお庭番衆の胸に次々に突き立ち、早船から海面に転落させた。また慌《あわ》てて引き金を引いた鉄砲の銃口から弾丸が飛び出したが、弾丸はあらぬ方向に飛び散った。

「相手を狙え」

と頭分が配下の動揺を制した。だが、岩棚に潜む鳶沢一族の鉄砲隊も今坂一族に呼応して、五丁櫓のお庭番衆の残党に狙いをつけて、最後の一人まで殲滅《せんめつ》していった。

最後の銃声が洞窟に殷々《いんいん》と木霊《こだま》して、消えていったとき、五丁櫓の早船には動く姿はいなかった。

「勝臣様、われら、家康様との約定により影の存在にございます。その影の正体を暴《あば》こうとする者、どのような敵であれ過酷非情にも始末して約定を保って参りました。それにしても弩の凄《すご》さ、驚きました」

「ならば今坂一族の初陣《ういじん》の祝いに、弩二十張を鳶沢一族に贈りましょう」

「有難き幸せ」

「ともあれ鳶沢一族の力、とくと見せてもらいました。これでそれがしも一族の秘密を知ったことになるのでしょうかな」

と勝臣が言った。

「いかにも勝臣様と今坂一族の方々は、われら鳶沢一族の秘密に触れられました」

「われらも始末される運命か」

「今一つ道がございます」

勝臣の口から笑いが漏れて、信一郎が海馬を静かな海へと反転させた。

その後に今坂一族の海馬が続き、岩棚の鳶沢一族の面々がお庭番衆の始末に入った。

鬱蒼《うっそう》とした原生林を超えて大黒屋の船隠し、静かな海を目指すお庭番衆陸路組は、同じ場所をぐるぐると回っていることにようやく気づいた。

「お頭、この獣道、捻《ね》じれた楕円《だえん》でも描いているようで、最前から見知った場所を通っておるぞ」

と小頭が立ち止まっていった。

「まさか、われら磁石を頼りに海を目指しておる。方向を間違えておるなどあろうか」

「最前から一刻《いっとき》（二時間）余は動き回っておる。にも拘《かかわ》らず潮の香すらせぬ」

「なにやらわれらの頭を狂わせる獣の臭《にお》いのようなものが撒《ま》かれておらぬか」

「この異臭、われらの動きを封じておるか、いや、どこかへとわれらを誘ってはおらぬか」

深浦の鳶沢一族は野生の獣の糞尿《ふんにょう》を煮詰めた液体を獣道に撒き、それを避けると捻じれた楕円軌道に誘い込まれる工夫がなされていた。

「いささか深浦の森を軽んじたか」

お庭番衆が暗黒の森で立ち止まり、夜目を利《き》かせて四方を確かめた。

「あの大木は覚えがある」

「それがしもじゃ」

むろんお庭番衆の会話だ、数間も離れると他人には聞かれる心配はない潜み声だ。

「戻るか」

と組頭が呟《つぶや》いたとき、原生林の中に笑い声が響いた。

「何者か」

「三途《さんず》の川からの使いじゃぞ」

深浦の船隠しの長、壱蔵が宣告すると、四方八方から短弓が放たれ、

「散れ、逃げよ」

と命ずる組頭の喉元《のどもと》に二本の矢が突き立ったのを皮切りに深浦の森に迷ったお庭番衆が次々に斃《たお》されていった。

深浦の静かな海に穏やかな秋の陽射《ひざ》しが散っていた。黄金色を感じさせる小春日和《びより》だ。

イマサカ号が静かな海に到着して五日目、イマサカ号の補助帆柱を利用して滑車が装着され、半年の航海に積み込まれていた荷が下ろされて荷船に積み込まれ、浜に運ばれていった。

イマサカ号は何か所か損傷していて、修繕する要があった。勝臣と信一郎の話し合いで造船場での修繕が行われることが決まり、まず乗組員の荷が下ろされた。

各種の帆布、装具、炊事道具、各種大小の麻縄が船内から消えた。ついで武器庫から小型銃器、銃弾、火薬、刀剣類が運び下ろされた。

この作業に今坂一族と鳶沢一族の男衆総出で四日かかった。

残るは三層の砲甲板に大砲群だ。

がらんとした船内を勝臣が三長老、信一郎の四人を案内してくれた。

イマサカ号は戦艦ではない。商船だが自衛のために短砲身の巨大なカロネード砲二門を始め、二十四ポンド砲、十二ポンド砲など計六十六門を装備していた。同型の戦闘艦には比べようもないが大黒丸の砲装備とは大人と子供、強力な火力だった。

三長老も信一郎もこの装備と砲甲板の広さに言葉もない。その砲甲板が三層もあるのだ。上砲列甲板に十二門ずつ両舷に二十四ポンド砲が装備されていた。この二十四ポンド砲がイマサカ号の主力砲だ。

鳶沢一族は異国を知り、南蛮船を承知しているつもりでいたが、こうして船内で接してみると沈黙しかない。

「勝臣様、砲弾とはかように種類があるものですか」

と信一郎が驚きの声を発したのは砲甲板下の砲弾庫でだ。

「信一郎どの、大型帆船同士の戦いは、まず相手艦の操船を、動きを止めることです。そこで砲口を高く上げて、敵船の帆や装具にこのような鎖弾を発射します」

と勝臣が球形の砲弾を見せた。砲弾は二つに割れ、その二つは重い鎖で結ばれていた。

「丸い鎖弾を撃ちだすと蓋《ふた》が二つにわれて、二つの砲弾がくるくると空を舞いながら飛んでいき、相手の船の横桁《よこげた》や帆にあたって破壊します。さらにはこの砲甲板下のカロネード砲の巨大な砲弾が相手艦の船腹を破り、浸水させます」

勝臣は、さらに帆布で包まれた奇妙な長方形の物体を出してみせた。とても砲弾とは思えないものだ。

「これはぶどう砲弾と呼ばれるものです。径三寸（約九センチ）ほどの鉄の玉が三個ほど縦に並んで帆布で包まれております。発射の衝撃で帆布が破れ、ばらばらに砲弾が飛んでいくので命中率が高まります」

「驚きましたぞ。大砲と申せば鉄の塊を飛ばすだけのものと思うておった」

と光蔵が驚いた。

「これは船同士が接近し、白兵戦に移ろうとするときに使われるものでこの円筒形の砲弾の中に短銃の銃弾が何百も詰められております、こいつがこちらの船に乗り込もうと舷側《げんそく》に群がっている敵兵の頭上から撃ちこまれますと悲惨な結果を招きます」

勝臣の説明に鳶沢一族の面々は声もない。

「三長老、信一郎どの、われらは交易商人です。他船を破壊するために、人を殺《あや》めるために大砲を装備しているのではありません。われらの命と財産を守るため、自衛のために装備しているのです」

「勝臣様、その言葉を聞いて安左衛門、いささか安堵《あんど》致しました」

と鳶沢一族の最長老が言った。

「勝臣様、これらの大砲を外して陸におろし、整備しますか」

「信一郎どの、軽砲は船外に持ち出すほうが整備し易《やす》いでしょう。ですが、主砲の二十四ポンド砲以上は、砲身重量だけでも大変な重さです。砲甲板で整備するのが適当かと思えます」

と勝臣が答えた。

「勝臣様、今坂一族の砲術方にわが鳶沢一族の砲術方を手伝いにつけさせてもらえませぬか。実際に手で触って手伝うことで覚えることがございましょうからな」

との信一郎の提案に勝臣が大きく頷《うなず》いた。

「それはよい。なぜならば、われら、ツロンを急ぎ出てきたためにイマサカ号の乗組員は女子供を除いて百二十数人です。大黒丸も大砲を積んでおられるゆえ、承知とは思うが一門の大砲に一番方から新しく火薬を補給するパウダーモンキーと呼ばれる六番方まで六人の要員で砲撃を繰り返します。イマサカ号の搭載砲は六十六門、砲撃戦はふつう片舷攻撃です。それでも百九十八人の大砲方が要ります。だが、われらはその数を乗せていません」

「われら鳶沢一族が足りない大砲方を補うよう努めます」

と信一郎が答え、上砲列甲板からさらに一層下の砲列甲板に下りていった。

三長老らのイマサカ号見学は二刻（四時間）以上にも及んだが、イマサカ号の全容を知ったとはいえなかった。

一行が主甲板に戻ったとき、安左衛門が、

「まるで城が海に浮かんでおるようじゃな」

と感想を漏らした。信一郎らの正直な気持ちだった。

一行が船隠しの浜を見下ろすと鳶沢一族の女衆《おなごし》と今坂一族の女たちが一緒になって、イマサカ号で使っていた寝具や衣類を秋の光に干していた。

今坂一族の女たちが着る原色の薄衣が光に映えて、なんとも長閑《のどか》で平穏な光景だった。

「われらはこの暮らしを守るために海に逃れた」

と勝臣が呟いた。

「勝臣様、鳶沢一族はそのためにあらゆる犠牲を払います」

信一郎の言葉に勝臣が頷き返し、

「三長老、信一郎どの、私の勝手な願いによくも付き合ってくれました」

と勝臣が礼を述べ、

「鳶沢一族から大黒屋の奉公人に戻るときがきたのではありませんか」

と三長老と信一郎に誘いかけた。

「勝臣様、富沢町にお連れする一族の方々は何人と考えればようございますか」

「わが一族が江戸で住むにはいささか時間が要ろうかと思います」

「いかにもさようです。しばらくはこの地で体を慣らされるのがようございましょう」

「勝臣様」

と呼びかけたのは仲蔵だ。

「先走ったこととかとは存じます。勝臣様お一人で重大な決心をなされて、ご一族の間から不満は出ませぬか」

「われら、イマサカ号に命運を託した一族です。頭領の決断は絶対です、一族の決断にございます」

と自信に満ちた口調で言い切った勝臣が、

「仲蔵どの、われら一族だけで今晩話合いを持つ所存にございます」

「それがよろしゅうございましょう」

と仲蔵が満足の笑みを浮かべ、

「われら、先に富沢町に戻っております。この船隠しに富沢町行の船を用意させておきます」

「明日未明に富沢町でお会いしましょう」

と勝臣が言い切った。

四

富沢町の大黒屋にいつもの活気が戻ってきた。

忙しげに花屋が出入りして竜胆《りんどう》、色とりどりの菊、薄《すすき》、吾亦紅《われもこう》、太枝の紅葉と運び込んでいた。

秋は花の種類が少ない季節だ。だが、おりんが江戸じゅうを探して集めた花々と枝木だった。

往来する商人や客が、

「おや、今日は大番頭さんが帳場格子《ごうし》から睨《にら》みを利《き》かせているよ」

「ここんとこなんだか、留守がちで店も元気がなかったからね」

「総兵衛様の加減が治ったかね。最前も紫の花がよ、しこたま運び込まれていたぜ」

「そういやあ、お医師の乗り物もここんとこ見かけられないね」

と言い合って通り過ぎ、せっせと奉公人たちが大きな角店《かどみせ》の内外を掃除しながら、

「おや、荷担《にかつ》ぎの新吉さんじゃあありませんか。ここんとこお見限りですね。時にはうちにも寄って下さいよ」

と手代の九輔に呼びかけられた古着の荷担ぎが目ん玉を大きく見開いて、

「おっ魂消《たまげ》た。富沢町元惣代《そうだい》の大黒屋の手代がにこやかに愛想をしたぜ、明日は雨かねえ。こちとら外歩きだ、雨はご免だがよ」

と呟きながら通り過ぎていった。

大黒屋はいつものように暮れ六つ（午後六時頃）過ぎに大戸を閉ざした。すると大戸の中で大黒屋の奉公人が鳶沢一族の面魂《つらだましい》に変わり、忙しく立ち働き始めた。

大黒屋二百年の歴史の中で稀有《けう》の出来事が見舞った。主《あるじ》の総兵衛が一月以上にわたって不在という危機だった。

いや、六代目総兵衛が初代大黒丸に乗船して琉球に向かい、その途次、南蛮帆船のカディス号との砲撃戦の後、大嵐が琉球沖を襲い、大黒丸は行方を絶った騒ぎがあった。

宝永四年（一七〇七）の大難破として一族、大黒屋の間で知られる大騒動だ。

内儀の美雪も一族も総兵衛勝頼と同行した一族の死を覚悟した。そのとき、美雪は懐妊していた。よしんば勝頼の死が確かめられたとしても美雪が六代目の代理を務め、やや子の誕生に望みが託されていた。

総兵衛勝頼と一族は、大黒丸を自らの手で修繕しつつ一年数か月後、江戸に戻ってきたのだ。

この六代目の大冒険以来の危機であった。

むろん九代目総兵衛勝典の死は、富沢町では伏せられたままだ。

表戸を閉ざした店の中に二番番頭の参次郎ら数人の奉公人を残して、大番頭光蔵以下の者が離れ屋と地下城に集まり、深夜の訪問者一行を迎える仕度に余念がなかった。

夕餉《ゆうげ》は女衆が拵《こしら》えた握りめしを立ったまま食するという慌《あわ》ただしさの中、四つ(午後十時頃)過ぎには仕度がなった。

そろそろ木枯らしの季節を迎えようかという江戸だ、大黒屋は森閑として眠りに就いたように思えた。

九つ(午前零時頃)前、地下城に鳶沢一族の面々、三長老の鳶沢村の安左衛門、大黒屋江戸店の大番頭の光蔵、大黒屋琉球首里店の総支配人の仲蔵が継《つぎ》裃《かみしも》に威儀を正し、大広間の高床下に控え、一番番頭の信一郎以下鳶沢村の戦士百名余が海老茶《えびちゃ》の戦衣で粛然と待機していた。

むろん富沢町の内外には鳶沢一族の見張りの眼が光り、大川河口には鳶沢一族の早船が待機していた。

夜半九つを告げる石町《こくちょう》の時鐘が富沢町に響いてきた。さらに四半刻《しはんとき》（三十分）、半刻（一時間）と時が流れて、大川から入堀に早船が漕《こ》ぎ上がってきて、栄橋下から大黒屋地下に通ずる船隠しに消えた。

その知らせを受けた信一郎とおりんが三長老に目で合図すると船隠しに迎えに立った。

地下城の行灯《あんどん》の油が足され、灯心が変えられるものもあって本丸たる大広間が煌々《こうこう》と輝いた。

高床の左右には、初代総兵衛成元、六代目総兵衛勝頼の坐像《ざぞう》と各代の位牌《いはい》が並び、新しい鎧兜《よろいかぶと》と三池典太一振りが三方に載せられ、神棚には武人鳶沢一族の心意気、武神の誉田別命《ほんだわけのみこと》（応神天皇）への帰命《きみょう》を表す、

「南無《なむ》八幡大菩薩《はちまんだいぼさつ》」

の大文字が躍っていた。

簡素な装《よそお》いでいかにもそこが武人鳶沢一族の本丸と思わせた。

一方、いつもは暗い船隠しは秋景色に包まれて色鮮やかだった。

おりんが船隠しの高低を利用して枝紅葉を大壺《おおつぼ》に生けて紅葉の山の斜面を思わせる装いに変えていた。また船着場の石段は竜胆や多彩な色の菊に彩《いろど》られて目にも艶《あで》やかだった。

八つ（午前二時頃）前の刻限か、船隠しに緊張が走るのが大広間でも感じられた。

船隠し一帯に松明《たいまつ》が灯されて、昼間のような明るさがあった。そして、遠来の客を迎えるために秋模様山里の景色があった。

信一郎とおりんは船隠しの石段下に立っていた。すると琉球型小帆船が帆柱を倒して五丁櫓《ろ》でゆっくりと姿を見せた。

反り上がった舳先《へさき》に交趾の貴族の衣裳《いしょう》を身に纏《まと》ったグェン・ヴァン・キ公子が腰間に来国長を差し、杖《つえ》のように宝飾を施した剣を立てて立っていた。

今坂一族が交趾の地で二百年余にわたる活躍と奉公で得た安南王朝の公子の威厳を示す服装だった。そして、船の胴ノ間にグェン・ヴァン・キの幼い弟妹と大叔母たち、さらには今坂一族の幹部数人が身分に合わせた民族衣装で同乗していた。

信一郎は腰を深々と折って挨拶《あいさつ》をなしながら、一族と幹部が同道してきたということは今坂一族の総意がなったということだと安堵した。

「グェン・ヴァン・キ公子様とご一統様、よう富沢町にお出《い》で下さいました」

鳶沢一族、大黒屋としては富沢町にグェン・ヴァン・キ公子一行を公《おおやけ》に迎える日だった。

「信一郎どの、ご苦労に存ずる」

と言い、船が石段下に寄せられた。

グェン公子がまず船着場に飛んだ。

おりんが弟妹に小さな花束を差し出しながら、

「ようこそ江戸に参られました」

と声をかけた。

だが、まだ幼い二人には事情が分からぬのか、大叔母らに助けを求めるように怯《おび》えた顔で見た。大叔母らが頷き、船から立ち上がり、船着場に次々に下りた。

グェン公子が弟妹らに声をかけ、信一郎とおりんに先導されて船隠しの秋模様の階段を上がって鳶沢一族の待つ大広間に向かった。

しいっ

という一座を制する声が漏れてきて、大広間の板戸が左右にするすると開かれた。すると高床が正面に見えてその左側に海老茶の戦衣を着た鳶沢一族の男女百余名が平伏して、遠来の客を迎えた。

「こちらへ」

と信一郎が先導して大広間の中央を通り、高床前に一行を案内した。

「グェン・ヴァン・キ公子とご一統様、ようも鳶沢一族の本丸に参られた」

と最長老の安左衛門が歓迎の挨拶をなし、

「鳶沢一族の三長老、ご一統様、お招きによりグェン・ヴァン・キと今坂一族、参上致しました」

と答礼を返したグェン公子は、一族をまず初代総兵衛成元と六代目総兵衛勝頼の坐像と九代の位牌が並ぶ前に導き、幼い弟妹らに坐像がだれかを説明した。すると弟妹らもその意味が分かったか、坐像と位牌の前に座して一同が拝礼した。

その様子を鳶沢一族が凝視していた。

グェン公子が一族とともに鳶沢一族と対面する高床下に座を移した。

「グェン・ヴァン・キ公子、ご一統様、われら鳶沢一族、六代目総兵衛勝頼の所縁《ゆかり》が深い今坂一族を安南国交趾ツロンより迎えて、これに勝る慶《よろこ》びはございませぬ」

信一郎が慶賀の辞を述べると、グェン・ヴァン・キ公子が首肯した。

信一郎が険しい眼差しを鳶沢一族に向け直した。

「鳶沢一族に申す。九代目総兵衛勝典様が身罷《みまか》られて影七日、三長老とそれがしはこの場に籠《こも》り、十代目の人選が最中であった。

九代目には残念ながら嫡男嫡子《ちゃくなん》なく、直系が途絶える危機にわれらの会議も難航した。そんな折、最長老の安左衛門様とそれがしの頭に六代目総兵衛様が現れ、十代目人選を急ぐでない。じっくりと構えておれば必ずや啓示があると申された」

信一郎の言葉に安左衛門が大きく頷《うなず》いた。

「影七日の最後の日、ここにおられるグェン・ヴァン・キ公子が大黒屋の店を訪ねてこられた」

鳶沢一族に静かな動揺が走った。

「静まれ」

と仲蔵が制した。

「グェン・ヴァン・キ公子は交趾に二百年余も前より渡り住まれ、安南政庁の高官として活躍なされた今坂一族の頭領である。曾祖母《そうそぼ》ソヒ様は総兵衛勝頼様と情を交わされ、理総《としふさ》様と申される鳶沢一族の血を引く子をなされた」

仲蔵以外、一族の間では知られていなかった事実だった。

「総兵衛勝頼様はソヒ様との再会を願われたが諸般の事情で叶《かな》わなかった。じゃが、百年の時を経て、鳶沢一族が苦難に陥っているときに、六代目の血筋理総様の直系の孫、グェン公子、和名勝臣様が富沢町を訪ねられたのだ。

これこそが六代目総兵衛様が啓示を待てと命じられたことに他ならない。グエン・ヴァン・キ公子の腰の脇差《わきざし》を見よ、総兵衛勝頼様がソヒ様に授けられた鳶沢一族の証《あかし》、来国長を携帯しておられる。銘には祝勝頼誕辰の五文字が刻まれておるのをわれら確かめた。またこの大黒屋を訪ねられたとき、勝臣様は勝頼様がソヒ様に与えられた双鳶《ふたつとび》の紋の入った夏羽織を召されていたことに気付いた者もいよう」

信一郎はしばし言葉を切った。

「此度《こたび》われら、鳶沢一族の三長老とそれがしが合議の上、六代目総兵衛勝頼様のお血筋、グェン・ヴァン・キ公子、いや日本名今坂勝臣様を十代目総兵衛様にお迎えすることに決した」

鳶沢一族の間から驚きの声が漏れた。

すっくと信一郎が立ち上がり、

「勝臣様が十代目総兵衛様にお就き頂くことに異を唱える者あらばこの場で申せ、その是非をとくと説き聞かせる。じゃが、後々不平不満を口にする者あらば、鳶沢信一郎が許しはせぬ」

大広間に信一郎の大音声が響き渡った。

しばし沈黙の後、

「一番番頭信一郎様に申し上げます」

と二番番頭の参次郎が言い出した。

「腹蔵なく申せ、どのような言葉も聞く」

「三長老、信一郎様、さらにはグェン・ヴァン・キ公子、われらだれ一人として公子の十代目総兵衛就位に異を唱える者などおりませぬ。公子が六代目総兵衛様のお血筋と知り、われら一同、安堵《あんど》いたしました。慶賀の念に堪えませぬ」

と言い切った参次郎が、

「一番番頭信一郎様の言にそれがし参次郎は満腔《まんこう》の賛意を示す所存、たれぞ反対の者あらば、この場で申せ」

と信一郎の言辞に信認を与える言葉を述べた。

一同が平伏すると、琉球の池城《いけぐすく》一族の長《おさ》、池城具高《ともたか》が、

「われら琉球組《くみ》も三長老の判断に与する者にござる」

と一族が同じ考えであることを示した。

「よし」

と信一郎が言い、

「グェン・ヴァン・キ公子、こちらへ」

と再び高床前に招じた。

グェンは座に宝飾剣を残すと腰に来国長の脇差だけを差して信一郎が待つ場に進んだ。

グェンが初代から九代に及ぶ総兵衛の位牌に改めて拝礼すると、三長老に会《え》釈《しゃく》をし、鳶沢一族に向き直った。信一郎が口を開こうとしたとき、グェン公子が静かな態度で制して、

「信一郎どの、いささか申し上げたきこと、またお願いの筋がござる」

「なんなりと承ります」

「まず三長老、鳶沢一族ご一統に申し上げる。それがし本日、この場でグェン・ヴァン・キの名を捨てる覚悟を致しました」

といきなり宣告した。

おおっ

というどよめきが起こった。そして、すぐに静まった。

「信一郎どのが申されたようにわが曾祖父は鳶沢総兵衛勝頼様にございます。総兵衛様のツロン滞在は短いものでしたが、強い印象をわが今坂一族に刻みつけてゆかれました。なかんずく曾祖母ソヒにとっては生涯忘れえぬ人であったろうと思います。それはソヒが生涯総兵衛様をお慕いし、結婚をしなかったことを見ても窺《うかが》えます」

信一郎らにとっても初めての話だった。

「私の体内に鳶沢一族の血が流れていることは天地神明に誓ってたしか、されど生まれも育ちもこの地とはまるで違う交趾ツロンにございます。武と商に生きる鳶沢一族の頭領として、大黒屋の主《あるじ》として足りないものばかりにございます」

「勝臣様、そのことはわれら鳶沢一族がなんとしてもお手伝い申し上げます」

と安左衛門が口を挟んだ。

「有難くその気持ち頂戴《ちょうだい》します。されど鳶沢一族の長として大黒屋を率いて生きぬくには瞬時の判断が要ろうかと存じます。そこでわが後見として信一郎どのを付けてもらえませぬか。それがし、信一郎どのを兄と想《おも》い、その忠言を大事に致す所存にござれば、三長老、ご一統、是非にお許し願います」

勝臣の考えは鳶沢一族の間にまず大きな安心感を与えた。その様子を見た光蔵が、

「安左衛門様、仲蔵さん、このこといかに」

と聞いた。

「いかにも鳶沢一族の長は格別な存在にござれば、信一郎の後見うってつけかと思う。どうだな、仲蔵さんや」

「信一郎がその任に堪えられる人物であることをこの仲蔵は願っております」

「これで決まった」

と光蔵が手を打った。

「勝臣様、お着替えを願います」

とおりんが勝臣に願った。首肯した勝臣とおりんが控の間に下がった。

信一郎が未《ま》だ緊張が解けない勝臣の弟妹の前に行き、座った。

「どなたか、和語ができるお方がおられようか」

と尋ねると大叔母の一人のお由が、

「片言ながら」

と答えた。

「早くにお尋ねすべきでした。勝臣様の弟妹の名はなんと申されますか」

「勝臣様が深浦の集まりで、われらツロンを追われ、この地に運命により住いを移すことになった、鳶沢一族の者として生きるために交趾の記憶を、思い出をすべて捨てよ、と命じられました。その場で弟は勝幸、妹はおふくとせよと名づけられました」

「鳶沢勝幸様におふく様、よい名にございます。勝幸様、この地に慣れるまで深浦の船隠しで、しばしこの地の言葉などを習うて時を過ごして下され、近々江戸にお迎えします、そなた方の出自と体験はこれから鳶沢一族の中で必ずや役に立ちますでな」

お由が二人の弟妹に信一郎の言葉を伝えた。どれほど信一郎の言わんとするところが伝わったか、堅い表情ながら二人がこくりと頷いた。

その時、控え室との境の板戸が開いた。すると淡い臙脂《えんじ》色《いろ》の布衣《ほい》を着た勝臣がすっくと立ち、静かに大広間に入ってきた。

その瞬間、三長老、鳶沢一族の面々が思わず低頭平伏して迎えた。

十代目鳶沢一族の頭領たる貫禄《かんろく》と威風をすでに漂わせた総兵衛勝臣が悠然と高床に進み、九代の位牌を背後に、左右に初代成元と勝頼の坐像を従えて、どっかりと円座に座した。

そのとき、

みゃう

と鳴き声がして控の間から黒猫のひなが姿を見せ、勝臣の膝《ひざ》の上に座ると安心したように丸まった。総兵衛勝典の死の時以来、姿を暗ましていたひなが戻った姿だった。

おりんが信一郎を見てにっこりと笑った。

「総兵衛勝臣様、十代目就位祝着《しゅうちゃく》至極《しごく》にございます。われら、鳶沢一族、これに勝る慶びはございません」

と一族を代表して、安左衛門が言い、光蔵が三方の三池典太光世を捧《ささ》げ持っ

と、

「頭領の佩刀《はいとう》にございます」

　と差し出した。

「百年ぶりに三池典太光世と来国長の大小が揃《そろ》うてめでたいのう」

　と勝臣が受け、高床下に控えた信一郎ににっこりと微笑《ほほえ》みかけた。

「これでよいのだな、信一郎どの」

「勝臣様、鳶沢一族の長は家来に尊称などつけませぬ、呼び捨てに願います」

「相分かった」

　と信一郎の言葉を受けた勝臣が、

「信一郎、ツロンから古酒一荷を持参して参った。この場で一統に振るまえ」

　と命じて座がようやく和んだ。

　鳶沢一族と今坂一族が融和するための短い、そして、長い付き合いを約す宴が始まった。

第五章　影様の正体

一

翌日、大黒屋九代目総兵衛勝典の死が富沢町に布告され、離れ屋に設けられた祭壇の前に富沢町の古着商や呉服商三井越後屋の主《あるじ》など大勢の人々が弔問に訪れた。

その応対をなしたのは十代目総兵衛勝臣だ。そして、その傍らには後見の信一郎と三長老が控え、九代目の弔いというより十代目のお披露目の様相の意味合いが強く感じられた。

三井越後屋の当代、三井八郎右衛門高清は若くて聡明《そうめい》そうな勝臣の相貌《そうぼう》にふれ

て、

「大黒屋の三長老、一番番頭さんや、頼もしい十代目の誕生にございますな。三井越後屋は勝臣様の総兵衛様就位を歓迎致しますぞ」

と万座の前で発言した。

このことで一気に富沢町筋の商人も新しい総兵衛を認知し、それは同時に十代目が富沢町の実質的な古着商惣代《そうだい》に〝就位〟したことを意味した。一気に座が重々しい弔いの雰囲気から新総兵衛誕生の晴れがましいものへと変わった。この場に集う人々は、大黒屋がただの商人でないことを承知していた。家康様から拝領した土地と古着商いの権利を得た背景には大黒屋の隠された貌《かお》があることを知っていた。だが、それは公《おおやけ》の場では決して明かされない事実だった。

斎《とき》の膳《ぜん》の前に居並んだ人々は、次々に新総兵衛に祝いを述べた。

その最中、信一郎が、

「ご参列の皆々様に申し上げます。亡《な》くなった九代目総兵衛に継嗣がなかったことは皆様がご存じのこと、総兵衛勝典の死を伏せて、三長老と私が新総兵衛を選ぶ話合いをこの一月余、続けた結果、駿府鳶沢村生まれの六代目総兵衛勝頼の血筋を引く勝臣に白羽の矢が立ったのでございます。勝臣は江戸育ちではございませぬゆえ、いささか江戸の事情には疎《うと》いかと存じます。ですが、三長老を筆頭にわれら大黒屋奉公人全員が一丸となって勝臣の足りないところを補い、大黒屋のさらなる発展に努めますのでよろしくお引き立てのほどお願い申します」

と深々と頭を下げて挨拶《あいさつ》し、三長老も信一郎に倣《なら》った。そして、それを受けた勝臣が、

「大黒屋総兵衛の十代目の大看板を負うことになりました総兵衛勝臣にございます。江戸の事情を知らぬばかりか若輩者ゆえ多々足りぬところもございましょう。勝臣、必死で相努めますゆえ、ご指導ご鞭撻《べんたつ》のほど皆々様にお願い申します」

と願った。

「いや、正直申して大黒屋様の行き先を案じておりました。が、六代目の血筋というだけに万事、人物が大きいようにお見受け致します。われら富沢町年寄

一同、十代目の総兵衛様に満腔《まんこう》の祝意を述べさせてもらいます」

と江戸の古着商の代表たる年寄の一人万屋松右衛門が勝臣の挨拶をうけて、富沢町の古着商も新しい〝惣代〟を認める発言をなした。

大黒屋の緊張の一日が日没とともに終わった。

店の大戸が下ろされて、店の中には大黒屋の奉公人、いや、鳶沢一族の者だけになった。

鳶沢一族の者たちが離れ屋の座敷をぶちぬいたところに会し、九代目総兵衛の四十九日と同時に十代目総兵衛勝臣の就位を祝う宴を始めた。

三長老と後見信一郎とともに上座に就いた勝臣に安左衛門が、

「勝臣様、さぞお疲れにございましたでしょう」

と熱燗《あつかん》の徳利を差出しながら、労《いたわ》った。

「安左衛門が案ずる要はない。そなたこそ長い二月であったろう。鳶沢村が恋しくなったのではないか」

「勝臣様、正直申していささか村に戻りとうございます」

と正直な気持ちを吐露し、

「勝臣様、どうです、船を仕立てて一緒に鳶沢村に参られませぬか」

「鳶沢村には歴代の総兵衛様の墓所があるそうな。むろん墓参りに行かねばなるまいがその前になすことはないか」

と勝臣が後見の信一郎に尋ねた。

「安左衛門様のお気持ちはとくと分かります。ですが、江戸で十代目のお披露目をなすべきところがございます。明日から私が同道してご挨拶を済ませたいのですが、このこといかに」

と三長老に問うた。

「後見、いかにもさようです。南北町奉行への挨拶、大目付本庄豊後守《ぶんごのかみ》様はじめ、幕府のしかるべき筋への挨拶が先かと存じますな」

と光蔵が首肯しつつ言った。

「この挨拶におよそ二、三日を要しましょう。安左衛門様、鳶沢村に勝臣様をお連れするのはその後のことになりますぞ」

「そうか、村も案じられるがわれら三長老も手分けして本日の弔いの返礼をなそうかな」

と主の席では明日からの予定が話し合われた。

勝臣の弟妹、大叔母、長老らはその日未明のうちに富沢町を船で出て、深浦の船隠しの総兵衛館に戻っていた。

勝臣は離れ屋の主の寝所に床をとり、その控え部屋に当分信一郎が寝泊まりすることになった。なにが起こっても対応できるようにである。

その深夜、離れ屋に竹笛の音が響いた。

信一郎は目を覚ますと用心のために枕元《まくらもと》に携帯していた五畿内摂津高木住助直二尺四寸三分を摑《つか》むと静かに勝臣の寝所に向かった。

「勝臣様、異変がございまするか」

助直を握った瞬間、信一郎は鳶沢一族の戦士にして隠れ旗本の口調に変わっていた。襖《ふすま》の前に片膝《かたひざ》を突いた信一郎に、

「入れ」

と勝臣の声がした。

襖を開くと勝臣が有明行灯《ありあけあんどん》を搔《か》き立てていた。

「いずことも知れず笛の音が響いたには理由《わけ》があるか」

「ございます。宿直の者が火急の用をお知らせする合図にございます」

と答えたとき、母屋《おもや》と離れ屋をつなぐ渡り廊下に人の気配がした。

「だれか」

と信一郎が誰何《すいか》した。

「見習番頭の市蔵にございます」

何事か、と聞き返しながら信一郎は、見習番頭の市蔵が今晩店で宿直する番であったなと考えていた。

「潜《くぐ》り戸を叩《たた》く音に私が臆病《おくびょう》窓を開きますとこの書状が投げ入れられました」

と廊下に座した市蔵が封書を差し出した。

「ご苦労でした」

と信一郎が受け取り、市蔵が、

「華吉らが書状を届けた者の正体を見極めんと表に飛びだしていきました。その内、なんぞ報告がございましょう」

「手配りご苦労でした。じゃが、華吉らの手には負えますまい」

と信一郎が答えると市蔵を去らせた。そして、書状を勝臣に差し出した。

「信一郎、そなた、この文にあてがあるようだな」

「勝臣様、ひょっとしたら百年ぶりの影様からの呼び出し状かと思えます」

「影様とな」

「勝臣様、われら鳶沢一族に隠れ旗本としての命が下るとき、初代影様の本多正純《まさずみ》様の通称弥八郎からとったと思える〝やはち〟の崩し文字が記された文が届けられます。六代目総兵衛様が乗られた大黒丸の難破騒ぎがきっかけになり、総兵衛様が一年数か月にわたり異郷暮らしを強いられた後、江戸に戻られましたが、それ以後、影様からの連絡は途絶えました。われら、鳶沢一族への信頼が城中で薄れたかと案じつつ百年の時を過ごして無為に参りました。本日、勝臣様の十代総兵衛お披露目の夜に文が届くとしたら影様の文以外、考えられませぬ」

信一郎から文を受け取った勝臣が真っ白な書状の裏表を確かめ、封を披《ひら》いた。

勝臣は信一郎にも書面が分かるように広げてみせた。

「今未明、東叡山寛永寺《とうえいざんかんえいじ》に参上せよ　やはち」

たった一行の呼び出し状だった。

「信一郎、鳶沢一族の信頼が戻ったか」

「いえ、十代目総兵衛様のお力を確かめようという魂胆かと存じます」

「行かずばなるまいな」

「百年ぶりの呼び出しが鳶沢一族にとって吉と出るか凶とでるか。勝臣様、お供致します」

「願おう」

四半刻《しはんとき》（三十分）後、勝臣と信一郎の二人は、東叡山寛永寺忍《しのぶ》ヶ岡《おか》の西南に位置する東照大権現《だいごんげん》宮の拝殿の前に立っていた。

信一郎は道中、勝臣に知るかぎりの影様の御用の数々を告げた。夜道を提灯《ちょうちん》もなく歩く二人に富沢町を出たあたりから監視の眼が光っていた。

だが、信一郎も勝臣も知らぬふりで話を続けた。

「信一郎、影様の背後には将軍家が控えておられるのじゃな」

「時に公方《くぼう》様の命で影様が動かれることもございましょう。あるいは公方様の身を慮《おもんぱか》って影様が先に動かれることもございますそうな。われら、鳶沢一族は武力を行使する前に、影様の命が徳川幕府に安泰をもたらすものか、公方様に悪《あ》しきことを及ぼすものか、しかと考えて行動せねばなりませぬ。まして、此度《こたび》の御用は百年ぶりのことにございますでな」

「信一郎、そなたは影様がそれがしの力を見定める呼び出しと申さなかったか」

「いかにも申しました。総兵衛様の人柄と度量を見定めるための呼び出しかどうか、最前から迷うております」

「ならば、影様に問い質《ただ》すまで」

と勝臣が言い切り、拝殿の階《きざはし》を上がった。

二人が通った拝殿にはぼんやりとした灯りが灯って、一角に御簾《みす》で仕切られた高床があった。

御簾の中は無人だ。

勝臣と信一郎は御簾の前に座した。

遠くで神韻縹渺《しんいんひょうびょう》とした妙音が響いた。影の出を告げる水呼鈴《すいこれい》の音だった。

すると勝臣の懐《ふところ》の火呼鈴《ひこれい》が呼応して鳴った。

勝臣は懐から火呼鈴を出し、手に握った。

そよりと風が吹いた気配がして二つの影が御簾の中に姿を見せた。すると水火の二つの鈴の音が呼応して鳴り響き、互いの身許《みもと》を告げ合った。

「鳶沢総兵衛じゃな」

影様の甲高い声が質した、若い声だった。

「いかにも鳶沢総兵衛勝臣にございます」

と勝臣が応じて、御簾の向こうに影様が座し、もう一人のお付きが背後に控えた。

勝臣は影様から薄く漂う匂《にお》いをかぎ分けた、南蛮人が船中でつかう香水だ。

「鳶沢総兵衛、十代目就位祝着《しゅうちゃく》である」

「有難きお言葉、総兵衛勝臣、恐縮至極にございまする」

「総兵衛、鳶沢一族に課せられた影御用、その意図するところ承知であろうな」

「重々承知にございます」

「申してみよ」

「己《おのれ》の考えや利を殺して、鳶沢一族、偏《ひとえ》に徳川幕府安泰に尽くすことに御座候《そうろう》」

と明快に勝臣が言い切った。

「総兵衛勝臣、この百年余、一族は本分を尽くして参ったか、どうじゃ」

「恐れながら影様の御用を待ちながら七代勝成、八代勝雄、九代勝典の三代の先祖は、御用命なきことは徳川家安泰の証《あかし》と考え、身罷《みまか》りましてございます」

「徳川安泰ゆえ鳶沢一族に命が下らなかったと申すか」

「さよう心得ます」

「黙れ、総兵衛」

と若い声が一喝した。

「これはしたり、影様。なんぞ御勘気に触れることを総兵衛申しましたか」

「六代目総兵衛勝頼の行動目に余るによって以後鳶沢一族に命が下らなかったとは考えぬか」

「行動目に余るとはどのようなことにございまするか」

「幕府の定法に反して大船を建造し、異国へ乗り出して交易を繰り返すことなどじゃ」

「勝頼が身罷ったのは七十年も前の話にございます。われら、鳶沢一族、影様のお呼び出しを待ちつつひたすら忍従の歳月にございました。今宵《こよい》、やはちの崩し文字を拝見してどれほどわれらが歓喜いたしましたことか」

と勝臣が巧妙にも問いを外して答えていた。

「総兵衛勝臣、そちの生まれはどこか」

「駿府鳶沢村の生まれにございます。影様、ご存じのように、久能山衛士《くのうざんえじ》として神君家康様の御亡骸《おんなきがら》を御霊廟《ごれいびょう》に葬《ほうむ》り奉《たてまつ》った折、その警固の任を果たしましたのはわれらが先祖にございます」

「父と母の名は」

「父は鳶沢一族の分家の血筋、村で代々鍛冶《かじ》を営む弥五郎、母はいくにございます」

しばし影様の問いが途絶えた。

「そなたの出自を訝《いぶか》しがる者がおる」

「ほう、どのようなことにございまするか」

「異国の血を引く者と言い切る輩《やから》もある」

「影様、鳶沢一族がそのようなことを許しましょうや。われら、血の絆《きずな》で結ばれた一族ゆえに選ばれた者にございます」

「異郷生まれにしては口が達者なことよ」

と影様が吐き捨てた。

「影様、御用をお伺い申します」

「いささか問い質すことありて呼び出した。用は終った」

影様は勝臣の問いを無視した。

「総兵衛、いつなんどきなりとも影様のお呼び出しに応じまする」

しばし沈黙の後、勝臣が答える言葉を半分聞いた影様が御簾の向こうの闇《やみ》に姿を没しさせ、お付きの者が続いた。

それを見送った勝臣と信一郎の主従がゆっくりと立ち上がり、拝殿を出た。

深々と冷え込む忍ヶ岡から不忍池《しのばずのいけ》への坂道を二人は黙々と歩いた。

「信一郎、あの受け答えでよかったか」

「勝臣様、申し分ございませぬ。勝臣様は影様を翻弄《ほんろう》なされました」

「翻弄などする気はない。そなたがあれこれと教えてくれたことが役に立った。礼を言うぞ」

「家来の本分を尽くしたまで、礼など無用にして下され」

と信一郎が答えたとき、前後を黒い影に囲まれていた。

「どうやらお呼び出しの真意はこちらのようにございますな」

と信一郎がせせら笑った。

「公儀お庭番衆じゃな」

「おそらくは。ただ今、この者たちを操る人物を炙《あぶ》り出しております。しばらく時を貸して下され」

と信一郎が答えたとき、闇が崩れたように前後から影が殺到してきた。そして、五、六間（約一〇メートル）手前で一旦《いったん》止まると二人を囲んだ。

「何者かな」

「大黒屋、商人は商人らしゅうせぬか」

と黒衣の頭分が言った。

「なんのことやら分かりませぬ」

「江戸湾口、深浦に大黒屋の船隠しがあるのは分かっておる。いずれそなたらの正体知れよう」

「公儀お庭番衆の分を超えておりますな」

と信一郎が言ったとき、

「お庭番衆の怖さを見せてやれ」

と頭分が命じた。すると前後から囲んだ黒衣の集団が左右に回り方を変えて回転し始めた。速度が一気に早くなり、輪が縮まろうとした。

勝臣が三池典太光世の柄《つか》に手をかけた。

「蛆虫《うじむし》を相手になさることはございませぬ」

信一郎の言葉に重なって鋭く弦《つる》から矢が離れる音が重なった。短矢が左右に回転する輪に突き刺さり、悲鳴が上がると足を縺《もつ》れさせて三人が転がった。

月明かりに首筋や胸に短矢が突き立っているのが見えた。

周囲の木々の枝が揺すられ、弩《ど》を構えた鳶沢一族の面々が新しい矢を番《つが》えて狙《ねら》いをつけていた。

「お庭番衆、今宵は退くことを許す」

「おのれ」

と攻撃を前に反撃を受けたお庭番衆の頭分が切歯した。

「すでに勝敗は決しておる。庭番衆なればわかっておろう。骸《むくろ》は三つ、それが六つになり、十二になっても戦うと言われるか」

信一郎の言葉にお庭番衆が骸三つを引きずって忍ヶ岡から消えた。その後を海老茶《えびちゃ》の戦士が数人尾行をしていった。

「お足を止めさせましたな、勝臣様」

「なんのことがあろうか。それにしても鳶沢一族は早々弩を会得《えとく》したことよ」

と薄く笑った勝臣が、

「影様は満足なされたのであろうか」

と呟《つぶや》いた。

二

影様からの文が臆病窓《おくびょう》から届けられた気配に、鳶沢一族では手代の華吉、小僧の松吉らがその気配を追った。だが、牢《ろう》屋敷のある小伝馬町辺りで華吉らの追跡を断ち切って何処《いずこ》かに消えたそうな。

夜明け前、富沢町に戻ってきた総兵衛勝臣と信一郎に報告された。

「申し訳ございません」

と詫《わ》びる華吉に信一郎が、

「相手は影様の遣い、そう簡単には正体はみせまい」

と応じたものだ。

「総兵衛様、しばし体をお休めになられませぬか。このところ二刻（四時間）とお休みになったことがございますまい」

と信一郎が願うと総兵衛が、

「それはそなたとて同じ、かような時は却《かえ》って体を苛《いじ》めるのがよかろう。どうだ、稽古《けいこ》の相手をしてくれぬか」

と総兵衛が信一郎を誘った。

「それはよいお考え」

二人は地下城の大広間に入るとおりんの心遣いか、すでに大広間に灯りが入っていた。

「総兵衛様、今朝は交趾の剣術を信一郎にお教え願えますか」

と信一郎が願った。

「落花流水剣を伝授してもらおうと思うたが、信一郎に先んじられたか」

と笑った総兵衛は、三池典太光世を武器庫に戻すと交趾から佩《は》いてきた柄元と鞘《さや》に宝飾が施された剣に変えた。

「交趾の貴族らが佩く剣じゃが、いささか刀よりしなりがある」

と信一郎に剣を差し出した。

「拝見仕《つかまつ》ります」

信一郎は剣先で大きく反りを持つ剣を抜いた。

片刃の剣の刃渡りはおよそ二尺七寸（約八二センチ）余か、切っ先六寸余のところから強い反りがあった。

柄は片手で操るために寸が短く、拳《こぶし》は複雑な曲線を描く十字鍔《つば》で覆《おお》われていた。

「刀と大きく違うところは両手で保持することはなく、片手で扱うところだ。それだけに初戦の剣の動きは迅速にして巧妙だぞ。だが、これだけの重さのものを長時間片手で保持するのはなかなか至難でな」

と信一郎の手から宝飾剣を受け取った総兵衛が高床に向かい、一礼すると右手一本に剣を保持した。

脇構《わきがま》えに切っ先を流した総兵衛は、半身に構えをとると腰を落とし、甲高い気合を発すると右足を先行させて進みつつ、剣を左右に振りながら仮想の相手との間合いを詰めた。

信一郎は重い剣が迅速に弧を描きつつ、複雑な攻撃を展開することに驚きを禁じ得なかった。

「信一郎、相手をせえ」

「はっ」

と応じた信一郎が戦衣の腰に差した助直刃渡り二尺四寸三分（約七四センチ）

を抜くと総兵衛の攻撃線の正面、間合い二間（約三・六メートル）のところに立ち、正眼に構えた。

信一郎が存分に構えたと判断した総兵衛の口から無音の気合が発せられ、大広間の空気を切り裂いた。一気に間合いを詰めながら、反りの強い剣が風車のように信一郎に襲いかかってきた。

信一郎はその場にあって総兵衛の身のこなしと剣の複雑巧妙な軌跡を確かめた。だが、それは一瞬のことだ。

総兵衛の振るう剣の切っ先が信一郎の鬢《びん》をかすめた。

「おうっ」

と自らに気合を入れた信一郎は、総兵衛の迅速の剣捌《けんさば》きに自らの助直をゆったりと合わせた。

秘剣落花流水剣の動きは総兵衛の異国の剣捌きとまったく異質だった。

敏速の攻めにゆるゆるとした守りが応じた。

それでも交趾の剣と助直の刃が触れあい、火花を飛ばした。

間合いの内で両者は攻め、守った。

互いが秘術を尽くしての攻めであり、受けだった。

二人の頬を飛び散った火花が当たって焼いたが、もはや両者には熱さなどという感覚はない。ひたすら己の技と剣の特性を相手に伝授しようと力を尽くし、また受け手は、渾身《こんしん》の力で一撃一撃を弾《はじ》き、流すことに没頭した。

朝稽古に下りてきた鳶沢一族の面々が総兵衛と信一郎の真剣勝負とも思える稽古に足を竦《すく》ませて見入った。

総兵衛が一気に押し込むと見せて、
すいっ
と身を退《ひ》いた。

阿吽《あうん》の呼吸で信一郎も間をとり、助直を下げた。

「総兵衛様、交趾の剣風の恐ろしさ、堪能《たんのう》いたしました。いや、胆《きも》を冷やしました」

「信一郎が言いおるわ、涼しい顔をしおって」

と総兵衛が応じて、両者が笑い合った。

その時、琉球の総支配人仲蔵が旅仕度で大広間に姿を見せた。仲蔵に付き従うのはおりん一人だった。

「総兵衛様、江戸滞在で琉球をだいぶ空けました。仲蔵、総兵衛様の琉球訪問をあちらでお待ちします」

と帰店の挨拶《あいさつ》をなした。

「行くか」

「総兵衛勝臣様、仲蔵、これほど心が晴れ晴れとした気持ち、久しく感じられませんでした。後顧になんの憂《うれ》いもございません」

仲蔵の晴れやかな言葉に頷《うなず》いた総兵衛が、

「木枯らしが吹く季節、海も荒れよう。気をつけて参れ」

「はっ、はい」

と感激の体で総兵衛の言葉を受けた仲蔵が、

「信一郎、総兵衛様がこと、くれぐれも頼んだぞ」

「父上、総兵衛様になに一つ不安はございません。安心して琉球にお帰り下され」

首肯した仲蔵が、

「あとはそなたの嫁取りか」

と呟きを残して総兵衛に一礼し、大広間から船隠しに下りようとした。

「信一郎、おりん、仲蔵を船隠しまで見送るのじゃ。主《あるじ》の命ぞ」

総兵衛の言葉に信一郎とおりんが顔を一瞬見合わせ、仲蔵が満足げに頷き、
何度目かの挨拶を総兵衛になして大広間から去る仲蔵に二人が従った。

すでに船隠しには幸地達高らが待機して、琉球型小帆船の仕度がなっていた。

仲蔵は深浦に走り、そこで大黒丸に乗り換えて琉球に向かうのだ。

「幸地、父を頼む」

「信一郎様、肩の荷が下りられましたな、表情が明るうございますぞ」

「十代目とご一緒に働けると思うと子供のように胸の中がわくわく弾んでな」

「おめでとうございます」

と挨拶を受けた信一郎が
「母上に宜《よろ》しくお伝え下され」

と父親に願い、その傍らからおりんが頭を下げた。

「おりん、そなた、琉球を知らぬな」

「仲蔵様、存じませぬ」

「首里に戻ったら総兵衛様に改めて手紙でお願いする。おりん、琉球に信一郎と来よ」

えっ、とおりんの口から驚きとも喜びともつかぬ言葉が発せられ、仲蔵が船に乗り込むと三丁櫓《ろ》を合わせて船隠しから入堀へと姿を消していった。

冬の到来が近いのか、入堀から濃い靄《もや》が船隠しにひたひたと押し寄せてきた。

靄に包まれた船隠しに残されたのは信一郎とおりんだけだ。

「仲蔵様の言い残された言葉はどういうことですか、信一郎様」

「父の言葉が不快に聞こえたなら私から詫びよう。年寄はいささか唐突な言辞を吐くものです、おりんさん、許してくれ」

「いえ、おりん、仲蔵様の心遣い、ありがたくお聞き致しました」

「なにっ、ありがたいと申されたか。真《まこと》か」

「なんじょう、おりんが虚言《そらごと》を弄《ろう》さねばなりませぬな」

ふっふっふ

と信一郎が満足げな笑みを漏らした。

その時、船隠しに新たな人の気配がして、信一郎とおりんはいつもの平静な二人に戻った。

「田之助か」

「小僧の天松と控えております」

「首尾を聞こうか」

「忍ヶ岡を退き上げた公儀お庭番衆、二つに分かれて一組はお庭番衆の菩提寺《ぼだいじ》無量山伝通院の末寺の一つに入りました。亡骸《なきがら》三つの弔いのためでございます。もう一組は小僧の天松が後を追いましたゆえ、当人に説明させまする」

「天松、報告せよ」

「一番番頭さん、私が追った三人が向かった先は、両国橋を渡った仙台堀筋にございました」

「なんと川向こうの仙台堀だったか」

信一郎はあてが外れたという顔で天松を見た。

天松は江戸育ちの小僧だ。父親の鬼六と母親のおつまは富沢町内で古着の小店を開きながら、時に鬼六とおつまが交代で荷を担《かつ》いで行商に出た。むろん情報を収集するためだ。

鳶沢一族の両親の下で天松は長男として生まれ、十三の春から大黒屋の奉公に上がった。以来四年の月日が流れて、背丈が五尺八寸（約一七六センチ）近くもあり、同輩に、

「ひょろりの天松」

とか、

「ひょろ松」

と呼ばれていた。

この天松、勘が鋭く、闇《やみ》に紛れて尾行する達人だった。小僧の長い指の間には二寸五分（約七・六センチ）ほどの畳針に似たものが隠されていて、危機に落ちたときは、呆《ほう》けた真似《まね》をしながら相手を油断させ、隙《すき》を窺《うかが》って片手を振りぬくと指の間から針が飛び出して相手の顔などに突き立った。

「天松、仙台堀に間違いないか」

「はい、間違いございません。三人は海辺橋を左に折れた寺町に接した大名家下屋敷に消えました。しばし時を過ごし、ぐるりと屋敷を回っているうちに浄

心寺の境内で門を開けるお坊様にお会いしましたので、どちらのお屋敷かとお尋ね申しますと、老中牧野備前守様のお屋敷というお答えにございました」

「越後長岡の牧野様の下屋敷はたしかに仙台堀の北側にあったな、忘れておった」

信一郎は迂闊《うかつ》にも失念していたことを思い出していた。

老中の一人、牧野備前守忠精《ただきよ》は越後長岡藩の九代目藩主で、初代の忠成《ただなり》、三代の忠辰《ただとき》と並び称される、

「三明君」

と評価の高い人物だった。京都所司代から老中に補職されたのが享和《きょうわ》元年（一八〇一）七月のこと、老中在籍一年が過ぎたばかり、新参だった。

「家斉《いえなり》様の格別の覚えがめでたい」

とは聞いていない信一郎だ。

この享和期、老中の先任は、松平伊豆守信明《のぶあきら》で補職は天明八年（一七八八）ゆえ在職十四年を超えていた。他に戸田氏教《うじのり》、安藤信成《のぶなり》ら先輩老中がいたが、この中で牧野は一番新しい老中だった。

「意外な人物がお庭番衆に結びついていたな」

と信一郎は訝《いぶか》りながらも思案していると、田之助が、

「一番番頭さん、牧野屋敷を見張りますか」

と尋ねてきた。

「天松、三人は牧野家下屋敷から出てくる気配はないのだな」

「二刻ほど見張りましたがその様子はございません」

「田之助、天松、ご苦労だった」

と二人を去らせた信一郎とおりんは大広間に戻った。

いつしか朝稽古の刻限は終り、大広間には総兵衛と光蔵、安左衛門の三人だけが残っていた。

「信一郎、仲蔵さんは琉球に戻られたか」

と安左衛門が問うてきた。

「はい、今頃は江戸湾を深浦に向かう船中にございましょう」

「長い滞在であったがその甲斐《かい》があったというもの」

と光蔵が安堵《あんど》の表情で言い切った。

「総兵衛様、ご報告がございます」

と天松が報告した一件を告げた。

「なにっ、老中牧野忠精様とな、予想もかけない人物が浮かび上がってきたな」

と光蔵が驚きの顔をした。

信一郎は交趾ツロン育ちの総兵衛に幕閣の最高老中職の役目、権限などを懇切に説明した。

「老中職とは、将軍を補佐するものじゃな」

「いかにもさようです。幕閣の中で老中、若年寄、寺社奉行などを譜代大名が相勤め、その他の役職は直参旗本と呼ばれる将軍直属の衆が任じられます。幕府内では、才の有無より先任の者の発言が重んじられます。ためにただ今の老中を仕切っておられるのは松平信明様にございます」

「ところがその新任の老中牧野様と将軍直属のお庭番衆が結びついていたというわけじゃな」

今坂一族は安南政庁の高官を務め、公子の称号を得ていただけに王宮朝廷内の政争や駆け引きを承知していた。ために徳川幕府内の権力争いも即座に安南政庁に照らして理解したようだった。

「信一郎、どうするな」

と総兵衛が対策を聞いた。

「此度《こたび》のこと、未《いま》だ全容が知れてないように思います。ここのところ公儀お庭番衆がわれら鳶沢一族に目をつけておるのはたしかなこと、ですが、新任の老中牧野様がお庭番衆を動かせるわけもなし」

「じゃが、信一郎、天松はお庭番衆三人が牧野様の下屋敷に入るのを確かめたのじゃぞ」

と安左衛門が口を挟んだ。

「そこでございます。またなぜ百年ぶりにわれらは影様から呼び出されたか」

「それも勝臣様が十代目総兵衛に就かれた夜のことだ」

「大番頭さん、それにございますよ。影様の此度のお呼び出しにはわれら鳶沢一族の様子を窺う気配が見えます。家斉様の影であるはずの影様が何者か、この辺を炙《あぶ》り出さないかぎり、相手側の狙《ねら》いが見えて参りません」

「老中牧野様の身辺に張り付くか」

「はい。下屋敷ばかりか拝領屋敷、中屋敷に人を入れてじっくりと探らせるのが大事かと存じます」

「長丁場の戦いになりそうじゃな」

と安左衛門が呟《つぶや》き、

「長期戦か、なれば年寄は鳶沢村に戻り、一族の者をいつでも江戸に手助けに出せるように手配りをしようかのう」

「安左衛門様、それがよい」

と安左衛門の決心に光蔵が即座に応じた。最後に総兵衛が、

「まず敵を知らねば戦いは仕掛けられぬでな」

と答え、急に富沢町の大黒屋が忙しいことになってきた。

この日、総兵衛と信一郎は南北両奉行所に挨拶《あいさつ》に出向いた。北町奉行小田切直年には面会ができたが、南町の根岸鎮衛《やすもり》には一刻余り待たされたあと、

「御用繁多」

との理由で内与力が代わりに挨拶を受けた。

その夕暮れ前、総兵衛勝臣は信一郎と小僧の天松を供に徒歩《かち》で、四軒町の大目付本庄豊後守義親《よしちか》の屋敷を訪ねた。天松の背には総兵衛初めての対面の挨拶の品が担がれていた。むろん約束をとってのことだ。

本庄家と大黒屋の親交は六代目の総兵衛以来、百年余にわたる親戚《しんせき》付き合いといっていいものだ。

本庄家は代々大名家を監察する大目付職にあり、当代の義親もまた道中奉行を兼帯する大目付職の首席にあった。

奥の書院に通ったのは総兵衛勝臣と一番番頭の信一郎だけだ。小僧の天松は供部屋に待たされた。

「信一郎、九代目総兵衛どのの死は余りにも早過ぎたのう、残念でならぬ」

と悔やみを言った義親が初めて会う総兵衛勝臣に笑みを含んだ眼差しを向けた。

「大黒屋十代目就位、おめでとうござる」

「本庄様、総兵衛勝臣にございます。江戸もよう知らぬ若輩者ゆえ、ご指導のほど宜しくお願い申します」

と勝臣が三十五歳の義親の前に平伏した。

「総兵衛どの、わが屋敷とは親戚付き合いの間柄、遠慮は無用にしてもらおう」

「殿様、十代目就位の祝いにございます、お納め下さいまし」

と勝臣がイマサカ号に積み込んできた荷のうちから銀食器や交趾の珍しい布地を贈った。

「うちでは祝いもしておらぬ。本日はゆっくりりしてな、九代目の思い出などを語ろうか」

と言った義親がぽんぽんと手を叩《たた》いた。

三

男三人の忌憚《きたん》のない四方山《よもやま》話が酒を口に含みながら半刻余続いた。

本庄義親も総兵衛勝臣もお互いを探り合いながらの会話だった。勝臣が六代目総兵衛勝頼の血を引く曾孫《そうそん》と知った義親は、

（そうか、六代目総兵衛勝頼が異郷に残した血筋か）

と察するとこの若者が鳶沢一族の、

(救い主たらんと必死に務める姿)

に感じ入った。

総兵衛は総兵衛で本庄義親が大黒屋に寄せる信頼感に触れて、

(このお方は絶対のお味方)

と直感した。

二人は腹の探り合いを捨てた。

「総兵衛どの、信一郎、本日はなんぞ尋ねたきことがあってわが屋敷に参ったのではないか」

と義親の方から誘い水をかけた。

総兵衛が笑みを浮かべた顔で、

「殿様、恐れ入ります。お察しの通りにございます」

と低頭し、

「申せ」

と義親が応じて、総兵衛が仔細《しさい》は信一郎からという顔で信一郎を振り見た。

「殿様、老中牧野忠精様についてお教え願いますか」

「どのようなことか」

大目付は大名諸侯を監察するのが主命だ、大名が幕府最高の地位老中に抜擢《ばってき》されても大目付によって監督することに変わりはない。

「牧野様下屋敷に公儀お庭番衆が出入りしておるとの噂《うわさ》がございます」

信一郎はずばりと核心に触れて、事情を説明した。

本庄義親の穏やかな顔に険しいものが走った。だが、それは一瞬で、

「新任一年余の老中の屋敷に公儀お庭番衆が親しく出入りしておるというのか」

「いかにもさようにございます」

義親は考えに落ちた後、顔を横に振った。思いつかぬ様子に信一郎がさらに話を進めた。

「殿様、わが鳶沢一族におよそ百年ぶりに影様からお呼び出しがございました。忍ヶ岡の東照大権現《だいごんげん》宮に呼び出されたのは、富沢町に十代目総兵衛の披露目をした夜にございました」

「影様が健在であったか」

と驚きの声を漏らした義親が、

「御用はあったか」

と性急に問い質《ただ》した。

大目付本庄義親にとって影様の存在は無視できないものだった。

この百年、鳶沢一族への影御用は絶えていた。影様が活躍したのは昔々のことだった。影御用が途絶えた百年のうちに、大黒屋の秘めた使命を本庄家には打ち明けていた。代々にわたる両家の親交が自然にそうさせていた。

「格別には」

「総兵衛どのの人物を見ようという影様の算段かのう」

「われらもそのように考えております。その帰路、われら、公儀お庭番衆に囲まれましたが、密行していた鳶沢一族の手により撃退致しました。その者たちの三人が逃げ込んだ先が牧野忠精様の下屋敷にございます」

「新任の老中が上様のお庭番衆を使うなど考えられぬ」

とまたしばし考えに落ちた義親が、

「牧野様は越後長岡藩九代目の藩主に六歳で就かれた人物、生誕はたしか宝暦十年（一七六〇）十月ゆえ御年齢《おんとし》四十二歳の働き盛り、じゃが、幕府では先任がなにより実権を振るわれるで、今のところ老中見習といった体で先任方の言葉に大人しく耳を傾けておられる。わしが思うところ二十歳そこそこで天明元年（一七八一）に奏者番をなんなく勤め上げられ、その後、寺社奉行、大坂城代、京都所司代とご昇進を重ねられて、昨年に老中を補職なされた。いかに譜代名家の持ち回りがごとき老中職であれ、知恵薄では勤められぬ」

と義親が一気に説明した。

「で、ございましょうな」

「もし牧野屋敷に公儀お庭番衆が出入りし、何事か企《たくら》んでおるとしたら牧野忠精どの一人の考えではあるまい」

と義親が言い切り、

「大黒屋主従が東照大権現宮に呼び出された夜に姿を見せたことをどう考えればよいか」

と自問するように呟いた。

「殿様、公儀お庭番衆が大黒屋、鳶沢一族に目をつけたのはこの夜が最初ではございません。この数年前からにございます」

「ほう、となると牧野様老中補職以前の話か、いよいよ牧野様お一人の考えではない。牧野様の背後にしかるべき人物がおらねばならぬ」

「いかにもさようかと心得ます」

「まさか牧野屋敷にお庭番衆が出入りするのと、影様の呼び出しはつながっておるのであるまいな」

「われらもそう考えざるをえません。となりますと幕閣内の隠れ旗本の鳶沢一族の信頼が未だ揺らいだままということ」

「鳶沢一族に最後の影御用があったのは百年前であったな」

「六代総兵衛勝頼が宝永の大難破に見舞われる前にご下命あったのが最後にございます」

「百年余の歳月は幕閣の考え方を変えるに十分な時の流れと思わぬか、総兵衛どの、信一郎」

「いかにもさよう心得ます」

　と総兵衛が畏《かしこ》まって受けた。

　義親は異国生まれらしい総兵衛勝臣の潔《いさぎよ》い挙動や明敏な受け答えに刮目《かつもく》していた。言葉は少ないが決して軽はずみな言辞は弄《ろう》さなかった。江戸の事情が分からぬ中でよう努めていると感服し、

（これなれば数年後には六代目に匹敵する大黒屋の主《あるじ》にして鳶沢一族を率いる頭領に育とう）

　と確信した。

「総兵衛どの、信一郎、牧野様の身辺に目を光らせる。しばし時を貸してくれぬか」

　と義親が総兵衛との初対面が無事終わったことを告げる言葉を吐いて、二人の訪問者は姿勢を正して平伏した。

　四軒町の本庄邸を出た総兵衛と信一郎は小僧の天松を従えて、神田川昌平橋に出た。

　刻限は五つ半（午後九時頃）時分か、木枯らしが吹く冷たい夜で、八辻原と

呼ばれる筋違《すじかい》御門前の人の往来は少なかった。

大黒屋の主従は柳原土手に向かってひたひたと下った。

「総兵衛様、神田川の右岸、この界隈《かいわい》は柳原土手と呼ばれている一帯でございまして、富沢町と因縁が深い地にございます。ご覧ください、土手下のあちこちに床店が店仕舞いしたような蓆《むしろ》なんぞをかけた小山が連なっておりますな。あれは古着の露天商の商売道具にございまして、日中参りますと賑々《にぎにぎ》しく商いをして、大勢の客が連日詰めかけております」

「富沢町の競争相手か」

「たしかに競争相手ではありますが、富沢町は八品商売人としてお上が許しを与えた古着問屋や老舗《しにせ》の小売店、こちらの柳原土手は八品商売人の鑑札なしでだれもが地べたに古着を並べられる安直な床店の市場にございまして、この露天商は富沢町から古着を仕入れてこちらで商売する者も大勢おります。富沢町は大商い、柳原土手は単衣《ひとえ》一枚足袋半足褌《ふんどし》一本からの小商いにございまして、それぞれが分を考えて商いを行っております」

「信一郎、うちの関わりの者はこの地に店を出しておらぬか」

信一郎が総兵衛の問いをにっこりと笑って受け、

「正体を隠した一族の者が数人この柳原土手で商いをしております。いえ、商いの高は大したことはございませんが、人が大勢集まる場所はあれこれと噂話の宝庫にございましてな、その中にどのような重要な話が隠されているとも限りません」

と信一郎が総兵衛だけに聞こえる声で答えたものだ。

提灯《ちょうちん》を持って二人の前を歩く天松の歩みが止まった。

「どうした」

と総兵衛との話に夢中だった信一郎が尋ねた。

「たれぞに見られているような気が致しました。勘違いにございますか」

ひょろ松が提灯の灯りを突き出してあちらこちらに置かれた露天商の小山のごとき床店を見ていった。

「天松、灯りを投げよ」

と信一郎が鋭く命じた。

天松が即座に提灯を遠くに投げたとき、冷気を裂いてなにかが飛来する音がした。

「天松、伏せよ」

と命じつつ、信一郎は総兵衛を振り見た。

総兵衛はすでに地面にしゃがんで低い姿勢を保っていた。

信一郎がその傍らに楯《たて》になるようにしゃがんだ。

その頭上を短槍《たんそう》のようなものが三、四本通過して後ろにあった床店を覆う蓆に突き立った。

天松が投げた提灯の灯りが燃え上がり、飛来した得物は漁師が鯨捕りなどに使う銛《もり》のようだと信一郎は見た。

三人は提灯の灯りの輪の外に移動した。

信一郎は蓆に突き立った銛を抜いて構えた。

闇《やみ》の中から五つの人影が姿を現した。

公儀お庭番衆ではない。一人の黒羽織の武家は頭巾《ずきん》で顔を隠していた。そのことが屋敷奉公の侍であることを示していた。

残りの四人は一見して浪々の武芸者ということが知れた。

信一郎は柳原土手の前後に目を配った。

人影の少ない夜だったが、町内の木戸が閉じられる四つ（午後十時頃）前だ。

それが柳原土手にまったく人の往来する様子がなかった。

（異なことがあるものよ）

と考えつつ、

「どなた様にございますな。私ども富沢町の大黒屋の主従にございます。御用にて遅くなりましたが、未《ま》だ四つ前、ご府内で夜盗の真似《まね》はいささか刻限が早過ぎますな」

黒羽織が無言裡《り》に片手をあげて四人に命じた。

四人が抜刀して間合を詰めてきた。

「総兵衛様、しばしお待ちを」

と願った信一郎が手にした銛を槍《やり》のように構えた。

六代目総兵衛に仕えた祖父の信之助は三段突きと称された槍の名手であった。

信一郎も父親の仲蔵から三段突きの手ほどきをうけたが、槍は信之助ほど上達しなかった。それでも幼いころから船に乗って交易に従事してきた信一郎だ、突然襲いくる海賊の類《たぐい》との戦いに手近にあった棹《さお》や棒で立ち向かい、一応の槍術と棒術を会得《えとく》していた。

「銛をお返し致します。どなたから参られますな」

信一郎は四人を等分に見ていた。

その背後に素手の総兵衛が控え、天松もひょろりとした体に恐怖を滲《にじ》ませたように立っていた。

「大黒屋総兵衛、そなたの命、貰《もら》った」

と四人の一人、頭分が宣告した。

「大黒屋総兵衛様のお命の値段、いくらにございました」

「百両」

「いささか安値で請け負われましたな」

「なにっ、古着屋風情《ふぜい》の命一つ、百両の値で安いか」

信一郎は江戸の事情を知らない武芸者が総兵衛の力を値踏みするために雇われたかと推測した。

「富沢町古着屋元惣代《そうだい》の総兵衛様の命、万両でも安うございます」

「ぬかせ！」

と頭分が叫んだと同時に二人がするすると信一郎に迫った。

ひょろ松が動いたのはその時だ。怯《おび》えた様子で竦《すく》んでいると見せかけていた体がぴーんと伸び、だらりと垂らしていた両手が弧を描くように振り上げられると両の指の間から白い光が走った。

砥石《といし》で丹念に研ぎあげられた二寸五分の針が燃え上がる提灯の灯りに煌《きら》めきながら踏み込んできた二人の顔に突き立った。

針は一人の眼玉に突き立ち、もう一人の眼窩《がんか》に吸い込まれて思いもかけない攻撃に足をもつれさせた二人が悲鳴を上げながら倒れ込んだ。

一瞬の内に飛び道具のお返しを食らい、二人が倒れた。

残る二人が信一郎へと突進した。

信一郎の銛先が眼にも止まらぬ速さで踏み込んできた二人の胸と腰に突き出され、手繰られて、また突き出された。

二人の武芸者が腰砕けに倒れ込んだ。

「さあて黒羽織どの、どうなさるな」

「おのれ」

「大黒屋総兵衛勝臣様のお命、最前も申しましたが浪々の武芸者四人ほどで仕留められると思いなさるな」

と信一郎が言い放った。

そのとき、天松が投げた提灯の灯りが燃え尽きて、柳原土手一帯が真っ暗な世界に戻った。

「大黒屋総兵衛、おのれらの正体、いずれ白日の下《もと》に晒《さら》してみせる」

と闇の中から叫んだ黒羽織が背後の武家屋敷の路地の暗がりに姿を没した。

天松がふわりと闇に溶け込むように姿を消すと黒羽織の尾行に移った。

「そなたら、命に別状はなかろう。天松も私も手加減致しましたでな。江戸で仕事をなすときは、相手をとくと確かめてうけなされ」

と信一郎が柳原土手の地べたで呻《うめ》く四人に告げると、

「総兵衛様、足を止めさせましたな、相すまぬことでした」

と詫《わ》びながら何事もなかったように総兵衛を先導するように前に立った。

「信一郎、故郷に戻った甲斐《かい》があったぞ」

「ほう、それはまたどうしたことでございますか」

「知れたこと、六代目総兵衛様の血がわが体内に流れておるのだぞ」

「騒ぎまするか」

「表の顔が大黒屋総兵衛、裏の貌《かお》が鳶沢勝臣、この二役気に入った。この次の戦いの折は主も参戦致す」

「総兵衛様が見聞なされた戦い、緒戦の小競《こぜ》り合《あ》いにございます。敵の御大将がだれか未《いま》だ判然としませぬが、相手方は総兵衛様の力を試しておるのでございますよ。総兵衛様の初陣《ういじん》は、大舞台でなければなりませぬ。しばし敵味方の駆け引きをご覧になっていて下され」

「そうか初陣の舞台を整えてくれるか」

「芝居でも千両役者の出番は決まっておりますでな」

「信一郎、六代目の血がいつまでもじいっとはしておかぬぞ」

ふっふっふ
と信一郎が笑い、九代目総兵衛が死の淵《ふち》で二度にわたり言い残した、

「血に非《あら》ず」

の言葉は、

「血に非ず、されど血筋を立てよ」

の意であったかと独り得心した。

二人が浅草橋御門に差しかかると今までいた柳原土手がまるで別世界のように家路を急ぐ職人衆や掛取りの主従が歩く姿が見られた。

信一郎はがらんとした両国西広小路に入り、

「江戸の町は木と土と紙で造られております。ために一旦《いったん》火事に見舞われますと、数町、数十町を焼失する大火事になり、多くの武家屋敷や町家が焼失致します。そこで幕府では江戸府内のあちらこちらに広小路と称する広場や明け地と呼ぶ敷地を造って炎がそこで止まる工夫をしております。大川を挟んで東西にある両国広小路も、普段は朝市やら小屋掛けの見世物小屋で賑わいますが常設の建物は許されておりません。ために夜はこのようにがらんとした広場になるのでございますよ」

と江戸を知らぬ総兵衛のために信一郎は、江戸の町々を説明しながら歩いていった。

二人が米沢町の通りから入堀の河岸《かし》道に出ようとするとき、信一郎が、

「迂闊《うかつ》にございました」

と呟《つぶや》いた。

「なんじゃな」

「深浦から連絡が入っておりました。イマサカ号の大修繕に先立ち、すでに今坂一族の船大工、深浦に住む船大工が相協力して下調べに入ったそうな」

「なんぞ問題が分かったか」

「喫水下の船体に張られた銅板が何か所か剝《は》がれ落ちておるそうです。ただ今銅板を誂《あつら》えておりますで、しばらく日数を要するそうにございます。他に帆が傷んでおりましたが、こちらは深浦に保管してあった帆布で充当できるとのこと、その他にもあれこれとございましたが致命的なものはございません。まず一月半もあれば、イマサカ号は新造帆船同様の姿を取り戻します」

「信一郎、その折、駿府鳶沢村にイマサカ号の試走をかねて墓参りにいかぬか」

「あの大帆船が満帆に風を受けて疾走するのを見たいものですな」

「信一郎、見るのではない。もはやイマサカ号は鳶沢一族の所蔵船、われらが操船して動かすのだ」

「あれだけの巨大帆船の操作を覚えるのにどれほどの歳月を要しましょうな」

「海と船を承知の鳶沢一族なれば半年もあれば操船は覚えようぞ」

「さようでございましょうか」

と答えながら信一郎は入堀の向こうに聳《そび》える大黒屋の屋根を見ながら、

(おお、いつしか富沢町の暗雲が晴れておるぞ)

と思った。

四

柳原土手から黒羽織の武家を尾行していった小僧の天松は、富沢町の店になかなか帰ってくる気配がなかった。

信一郎は総兵衛を寝所に送ったあと、三番番頭を店で待機させ、信一郎自らは地下城の本丸の大広間に一晩じゅう控えていたが、朝になっても戻らなかった。

離れ屋に上がった信一郎におりんが、

「総兵衛様が朝餉《あさげ》を一緒にと誘われております。ただ今膳《ぜん》をお持ちします」

と言った。

信一郎の顔は無精髭《ぶしょうひげ》が伸びて、髷《まげ》も乱れていた。顔にも疲れが滲んで、昨夜の苦労が偲《しの》ばれた。

「総兵衛様はどちらに」

「厠《かわや》に参られておられます」

おりんの言葉に頷《うなず》いた信一郎は総兵衛の居間に入った。すでに離れ屋は片付けが終り、床の間の竹の花籠《はなかご》に女郎花《おみなえし》が生けられてみえた。

一旦姿を消したおりんに変わり、爽《さわ》やかな表情の総兵衛が戻ってきた。

「少しは休めましたか」

「ぐっすりと眠った。信一郎には気の毒なことをさせたな」

「なんのことがありましょう。これが私どもの奉公にございます」

信一郎の口調はすでに大黒屋の一番番頭のそれに戻っていた。

「天松はまだのようじゃな」

「てこずっておるか。あるいは天松、すっぽんのように黒羽織に食らいつく算段か」

「相手の罠《わな》に嵌《はま》ったということは考えられぬか」

「黒羽織一人なれば、あの者の手に墜《お》ちることはございますまい。戻ってこぬのは大きな魚を釣り上げる吉兆とみました」

「そうであればよいが」

と総兵衛が案じたとき、おりんが女衆《おなごし》を従えて二人の膳と茶を運んできた。

総兵衛勝臣が富沢町に暮らすようになったとき、一つだけおりんに注文した。

「おりん、朝餉は粥《かゆ》にしてくれぬか」

畏《かしこ》まって受けたおりんが、

「総兵衛様、かの地でも粥の習慣がございますので」

「交趾は支那《シナ》と接しておるでな、漢人も多い。わが家ではいつのころよりか朝は粥と決まっておる」

「どのような粥にございますな」

「季節の野菜を刻み込んだ粥が多いな、その上に胡麻《ごま》が降りかかっておった。

私の食が細いときなど鶏卵の黄味が落とされていることもあった」

　と総兵衛がおりんに説明し、次の朝からおりんが台所の女衆に命じた粥が供されるようになった。この話を聞いた大番頭の光蔵が、

「まるで六代目の再来じゃな。勝頼様も朝餉は粥と決まっておったと聞いたことがある」

　と呟いたものだ。そして、

「このところ薬草園の手入れを怠ってました。私も初心に戻り、薬草園にせっせと通って、わが道楽を取り戻しましょうかな」

　大黒屋の大番頭はいつのことからか、庭の一角で薬草を育てるという伝統があり、忙しい御用の合間を縫って薬草園に通った。

　光蔵も伝統に従い、大番頭を命じられた十二年前より薬草園で時を過ごした。すると薬草を育て、乾燥させ、漢方薬をあれこれ調合する作業の中で大黒屋の商いなり、鳶沢一族の勤めなりを大所高所から見る利点に気付かされた。

（そうか、代々の大番頭は薬草園で自分を取り戻し、その日の商いのみならず百年の大計を考えてこられたか）

だが、九代目が病に倒れた直後から光蔵は薬草の手入れを怠っていた。いや、風邪と思われた当初は、あれこれと育てた薬草を煎《せん》じて総兵衛の枕辺《まくらべ》に運んだ。だが、九代目は薬草嫌いでまず口にすることはなかった。

その内、医師が二日にあげず大黒屋の離れを訪ねるようになり、光蔵は煎じ薬をこしらえることも薬草園に通うこともやめた。

十代目総兵衛が朝餉に粥をとおりんに注文をしたことを知った光蔵は、

「おりんさん、くこの実を混ぜた粥は滋養になるでな、総兵衛様に食してもらえぬか」

と願ったものだ。

この朝の粥は青菜を刻み込み、じゃこを落としたものだった。梅干し、浅蜊《あさり》の澄まし汁が添えられてあった。

膳を運んできた女衆は台所に戻ったが、奥向きを仕切るおりんは総兵衛と信一郎の給仕にこの場に残った。

「天松はいくつか」

「年が明ければ十七歳にございます」

「未《ま》だ体ができておらぬな」

「ひょろりとした体付きは父親ゆずり、その内、骨もしっかりしてきましょう」

「どこまで行ったか」

と呟いた総兵衛が箸《はし》を取り上げ、信一郎と一緒に合掌して一椀《わん》の粥に感謝を捧《ささ》げると朝餉を食し始めた。

「朝餉の後、総兵衛様の髭剃《ひげそ》りと御髪を整えさせて下さい」

とおりんが主《あるじ》の顔を見ながら言った。

「髪結いを呼ぶのか」

ツロン育ちの総兵衛は今坂一族の故国の風習や仕来《しきた》りや言葉を英才教育で叩《たた》き込まれたのか、すでに和人が忘れたような味や仕来りまで承知していた。

「九代目は私が御髪などを整えておりましたが、大黒屋出入りの髪結いを呼びましょうか」

「九代目の仕来りに倣《なら》おう。おりん、信一郎も一緒にやってくれぬか」

「総兵衛様、一番番頭さんはしばし仮眠をとるのが先かと存じます」

「おりんさん、一晩二晩眠らなくとも奉公に差しさわりは生じさせませぬ」

と信一郎が拒んだが、

「おお、髭剃りより体を休めることが先じゃな」

と総兵衛が応じた。その言葉に抗弁しかけた信一郎に、

「一番番頭さん、おりんの勘は天松さんから連絡が入るのはもうしばらく時間がかかると教えております。総兵衛様も一番番頭さんも次なる行動のために英気を養うのも大黒屋のおためにございます」

とおりんに言われて、主従二人が顔を見合わせ、

「おりんの申すこと有難く受けるしかあるまい。一番番頭さん」

と総兵衛が信一郎に言いかけた。

おりんの勘があたった。

天松は店に戻らず連絡《つなぎ》も入らなかった。だが、暮れ六つ（午後六時頃）の頃合い、大黒屋の前に薄汚れたみなりの男の子が立った。

小僧の松吉が、

「うちは古着屋ですよ、なんぞ用事かい」

と鼻を突く異臭にうんざりしながらも聞いた。

大黒屋では門づけにくる芸人やお遍路や虚無僧《こむそう》やおこもも邪険に追い払うことを禁じられ、客並みに応対するように躾《しつ》けられていた。

「だ、大黒屋というのはここか」

「そうだよ、富沢町の大黒屋はうちだ」

「い、一番番頭に会いたい」

「一番番頭さんだって、おまえのなりじゃ、私が相応と思うがね」

「こ、こ、小僧じゃだめだ」

と男の子が言った。その押し問答を見ていた大番頭が、

「松吉、どうした」

「おこもさんみたいな子供衆《し》が一番番頭さんに会いたいって名指しで来てますので」

「なにっ、一番番頭さんにな。松吉、台所に通しなされ」

光蔵が命じるとすでに仕事に復帰していた信一郎を店の中に探した。

「一番番頭さんは内蔵におられます」

四番番頭の重吉が光蔵の動きを見て告げた。

「おお、そうでした。重吉、一番番頭さんを台所に行かせなされ」

と命じた光蔵は、松吉が鼻をつまみながら、三和土《たたき》廊下の奥に男の子を連れ込むのを見た。

信一郎が台所に急ぎ行くと、辺りに異臭を放つ男の子が女衆に握ってもらった握り飯をぱくついていた。

「お前さんか、私に御用は」

十か十一か、そんな顔付きの男の子が信一郎を振り見た。口の中の握りめしを急いで飲み込もうとして閊《つか》え、むせた。

「急いで食べなくともよい。ゆっくり喉《のど》の奥に落としなされ」

信一郎が男の子の背に回り、とんとんと叩いた。そして、おりんが白湯《さゆ》を差し出すと男の子がおりんをしげしげと見た。

「なんぞ私の顔に」

「やっぱり、か、かげまよりやっぱり女がいいや」

思いがけない言葉に驚いた体のおりんが笑い出し、

「かげまと比べられて喜んでいいんだか悲しんでいいんだか」

と呟《つぶや》いた。

「私が大黒屋の一番番頭だが、お前さんの名は」

「ち、ちゅう吉だよ。湯島天神の床下に住んでいる鼠《ねずみ》と一緒にいるからよ、床下のちゅう吉だ」

「鼠の居候《いそうろう》でちゅう吉さんか。私に用事とはなんですね」

「し、信一郎さんで間違いないね」

と念を押したちゅう吉が残った握りめしを急いで口の中に押し込み、乱れ放しの髪の、藁《わら》で結んだ髷に手を差しのばし、一本の畳針を取り出した。

小僧の天松が指の間に隠し持ってつかう飛び道具の針だ。

「どうしなさった、この針」

「て、天松さんがよ、こいつを大黒屋に届ければ駄賃をくれるって言ったんだよ。だ、駄賃をくれるかい、そ、それとも最前の握りめしが駄賃か」

「いえ、別にちゃんと遣い賃は渡します。天松とはどこで会いましたな」

「ゆ、湯島天神の境内だよ、お、おれが案内してもいいぜ」

「おりんさん、ちゅう吉に握りめしを好きなだけ食べさせて下され」

と言いおいた信一郎が急ぎ足で奥へ向かった。

四半刻《しはんとき》（三十分）後、大黒屋の荷運び頭、強力の坊主《ぼうず》の権造《ごんぞう》が漕《こ》ぐ猪牙舟《ちょきぶね》が入堀から大川へと出た。同乗しているのは腰間に三池典太光世《みいけでんたみつよ》を手挟《たばさ》み、塗笠《ぬりがさ》をかぶった総兵衛勝臣と一番番頭の信一郎に床下のちゅう吉だ。

大黒屋の女衆が持たせた握りめしを四つほど平らげたちゅう吉に、

「そなた、天松とは知り合いか」

と信一郎が聞いた。

「い、いんや、は、初めて会ったよ。おれの顔をしげしげと見た天松さんがよ、おまえ、富沢町まで遣いに行けるかと尋ねたんだ。お、おりゃ、ゆ、湯島の他に知っている町は芳町、花房町、芝の神明だけだ」

信一郎がちゅう吉の答えに一瞬考え込んだ。

四つの町に共通することがあるのかないのか。湯島天神と芝神明は江戸でも知られた神社だ。

「芳町は昔の芝居町、花房町ははてなんだったか」

「木挽町《こびきちょう》も知っているぞ」

ちゅう吉の答えに信一郎ははたと気付いた。

「そなた、かげまと関わりがあるのか」

「ああ、おりゃ、子供屋から客に呼ばれるかげまを見張る仕事を請け負っているんだよ。客には変わった野郎がいてよ、かげまを絞め殺したりするからよ、これでも人の命を守っているんだよ」

とちゅう吉が胸を張った。

かげま、男娼《だんしょう》のことで子供と呼ばれた。この子供の供給源は、堺町《さかいちょう》、葺屋町《ふきやちょう》、木挽町の芝居の太夫元《たゆうもと》で、

「舞台子」

と呼ばれた。芝居の舞台に立つこれらの子供はふつうのかげまより高級のかげまとして、その世界の人々に珍重された。

猪牙舟は大川に架かる新大橋を潜《くぐ》ると両国橋に向かっていた。

「天松が湯島でなにをしているか承知か」

「か、かげま茶屋の花伊勢を気にしていたな。あ、あそこばかりは床下のちゅう吉でもなかなか入り込めねえ」

信一郎は大黒屋が集める膨大な知識を総動員した。

たしかかげま茶屋の花伊勢は、口が堅い老舗《しにせ》として知られ、幕閣のその筋の人間が密《ひそ》かに利用するところではなかったか。

あの黒羽織とどう結びつくのか、さしもの信一郎も推測がつかなかった。そこで自分の考えを整理するためにちゅう吉を権造に任せ、それまでの経過を総兵衛に告げた。

「男娼のことをかげまと申すか」

さすがの総兵衛もかげままでは知らなかった。

猪牙舟は、昌平橋の船着場に寄せられ、総兵衛、信一郎の二人はちゅう吉を道案内に神田川左岸、里の人が湯島明神下とよぶ町に上がった。

猪牙舟にはなにがあってもいいように権造を残した。

ちゅう吉は湯島明神下の町屋を北に進み、町屋から武家地に入った辺りで高台への路地を上がり始めた。どこをどう通っているのか、江戸の町に詳しい信一郎さえ理解できなかった。時に長屋の敷地を抜け、狭い石段を上がった。

そんな坂道を上がりながら総兵衛勝臣は腰に差した三池典太光世の柄《つか》に手をかけ、

(六代目総兵衛勝頼様、勝臣に運を授けたまえ、鳶沢一族の危機を救いたまえ)

と願った。すると勝臣の耳に、

(勝臣、運を切り開き、危機を払うのもそなた、頭領たるそなた一人《いちにん》の力よ。己《おのれ》を信じて進め)

との声が響いた。

(いかにもさようでした)

と応じる勝臣に、

(そなたは今坂一族の頭領だった男よ。この程度の危難、乗り越えられなくてどうするな)

と鼓舞する声を最後に耳に響く声が消えた。

「おれの塒《ねぐら》だ」

とちゅう吉が路地上を指した。

二間ほどの高さの石垣の上に湯島天神の本殿の東側の床が黒々と聳《そび》えていた。

「いいかい、ここからが這《は》い上がるのが大変なんだ。おれのとおりに従ってくるんだぜ」

とちゅう吉がいうと石垣の割れ目に手を突っ込んでするすると石垣を這い上がっていった。するとそれを待っていたように石垣に鉤《かぎ》の手のついた縄が落ちてきて、総兵衛と信一郎の石垣登りを助けてくれた。

小僧の天松が投げたのだ。

総兵衛と信一郎は縄に助けられて二間の高さの石垣を登りきり、湯島天神本殿の床下に転がり込んだ。

ふうっ
と息を吐いた総兵衛がふと振り返ると月明かりに不忍池から東叡山寛永寺のお山が望め、その下に下谷の寺町や町屋の灯りが広がっていた。

「なんという美しさか」

江戸の夜景の美しさに総兵衛は思わず声を漏らした。

「総兵衛様、一番番頭さん、じきじきのご出張りご苦労にございます」

とひょろりの天松が鹿爪《しかつめ》らしい言葉で迎えた。

「ご苦労だったな、天松」

と総兵衛が労《ねぎら》い、

「天松、報告を」

と信一郎が催促した。暗闇《くらやみ》で頷《うなず》いた天松が、

「ちゅう吉、花伊勢の玄関を見張っておれ」

と床下のちゅう吉にまるで子分のように命じた。すると、

「あ、兄い、合点だ」

とちゅう吉がその場から姿を消して異臭も薄れた。

「掻《か》い摘《つま》んで申し上げます。柳原土手から尾行した黒羽織、さる直参旗本の用人鶴間《つるま》元兵衛と申し、あの夜は屋敷に戻っては不都合なことがあるのか、深川櫓下《やぐらした》の女郎屋にしけこみましたので。そこで一晩夜を過ごし、本日の昼過ぎに屋敷に戻りました。拝領屋敷は、雉子橋《きじばし》北側の小川町にございまして、二千坪はあろうかという豪壮な屋敷にございました」

信一郎は天松の報告を聞きながら頭を激しく働かせていた。雉子橋北側は直参旗本でも大身、幕閣の要職に就いている者が多い。

総兵衛はただ天松の話に耳を傾けていた。

「夕べを待ってなんとか屋敷に忍び込もうとしましたが、なんと黒羽織が主《あるじ》と思える乗り物に従い、七つ半（午後五時頃）前に門を出てきたのでございます」

「主が訪れた先がこの湯島天神下のかげま茶屋花伊勢か」

「一番番頭さん、いかにもさようです」

と天松が得意げに返答をした。

「黒羽織の主どのは男色の癖があるようだな」

「はい。相手は芳町の子供屋の抱え、中村座の舞台子の中村歌児《うたじ》十五歳にございます」

かげまは十二、三歳から十七、八歳の美少年盛りの仕事だ。その先になると、

「芝居とはそら事女中かげまなり」

と川柳に詠《よ》まれるように、二十歳を越えたかげまは空閨《くうけい》をもてあます奥女中などの相手を務めた。

中村歌児はかげまとして吉原の太夫に匹敵する値段の売れっ子だという。

「ようも調べたな」

と総兵衛が口を挟んだ。

「ちゅう吉に出会《でお》うたが天松の幸運にございました。富沢町へ使いに立たせ、花伊勢の忍び込み口をきいておりましたので、かげまの寝物語を聞かされました」

と天松が大人びた口調で言った。

「天松、初手柄か」

と総兵衛が言った。

「はあ、初手柄にございましょうか」

「天松、自惚《うぬぼ》れるでない。御用は事が収まって後、是非のうんぬんをすべきものぞ」

信一郎の言葉は若い総兵衛の胸にぐさりと突き刺さった。

「いかにもそうであったな」

と総兵衛の素直な反応に信一郎がいささか慌《あわ》てた。が、

「天松、大身旗本の身元は分かっておろうな」

と素知らぬ体で問い質《ただ》した。そこへ異臭が押し寄せてきて、ちゅう吉が戻ってきた。

「天松兄い、歌児に迎えがきたぞ」

「よし、あとはわれらに任せよ」

と天松が応じ、信一郎が、

「ちゅう吉、これからなんぞ困ることがあれば富沢町の大黒屋を訪ねてこよ、悪いようには決してせぬでな」

と言い、

「小粒と一朱銀と銭を混ぜて一両ほど包んでおいた」

と遣い賃をちゅう吉に巾着《きんちゃく》ごと渡した。

「一両なんて、持ったことがねえや」

「大事に使いなされ」

「一番番頭さん、おりゃ、口が堅いんだ。大黒屋と知り合いだなんてだれにも言わねえからよ」

「最前のこと、忘れるでないぞ。そなたの身の立てようくらい、大黒屋は朝飯前ですからな」

「でもさ、小僧にはなりたくねえや。天松兄いの下で始終顔を突き合わせたくねえものな」

と捨て台詞《ぜりふ》を吐いたちゅう吉が闇に姿を没した。

「こちらへ」

ちゅう吉に変わって天松が湯島天神の床下を伝い、花伊勢の玄関を見下ろす場所へと案内していった。

灯りに水をうたれた踏み石が光っているのが見えて、竹林がさらさらと風に動いていた。

派手な長羽織で白足袋に下駄を履いた中村歌児が編笠《あみがさ》に顔を隠して姿を見せた。たおやかな肢体を残したかげまだった。

歌児は編笠の縁を片手で上げて、吐息をついた。

総兵衛らはかげまの倦怠《けんたい》に目を見張ったが、迎えの男衆を従えた歌児が花伊勢の門外に姿を消した。するとそれを待っていたかのように乗り物が花伊勢の門前に横づけされ、頭巾をかぶった男が踏み石に立った。

風がそよいで竹群が揺れ、痩身《そうしん》の肩に影が躍った。この武家が歌児の相手か。黒羽織が姿を見せた、こちらも頭巾で顔を隠していた。

「殿、お乗り物に」

「元兵衛、何刻《なんどき》か」

気怠《けだる》くも癇《かん》の強そうな声だった。

「四つ（午後十時頃）過ぎにございます」

ふむ、と答えた声は竹のざわめきと重なった。

総兵衛は馴染《なじみ》の香りを嗅《か》いでいた。

「総兵衛様、一番番頭さん、直参旗本七千石、御側衆《おそばしゅう》本郷丹後守《たんごのかみ》康秀様にございます」

天松の潜み声に信一郎の背筋を冷たい戦慄《せんりつ》が疾《はし》った。

家斉の寵愛《ちょうあい》の一人で、御城表、中奥、大奥に新たな勢力を張り始めたと評判の御側衆だった。

三人の眼下で本郷康秀が乗り物に乗ると警護の家来六、七人を従え、花伊勢の門前から消えていった。

花伊勢の門前に独り残ったのは鶴間元兵衛用人で、花伊勢の女将《おかみ》が姿を現すと、鶴間用人の袖《そで》に紙包みを入れた。

一瞬の間で何事もなかったように鶴間用人が乗り物を追っていった。

湯島天神の床下から這《は》い出した総兵衛、信一郎の二人だけで拝殿に回り、信一郎が賽銭箱《さいせんばこ》に一両を投げ込んで拝礼した。

「一番番頭さん、あのお方が影様じゃな」

「われらが過日に会うた人物に間違いございますまい。御側衆本郷丹後守康秀様、強敵にございます」

「長い戦いが始まったか」

「十代総兵衛勝臣様の戦いがただ今始まりましてございます」

影様を敵に回す戦いの始まりだった。鳶沢一族にとって浮沈の戦いになると信一郎は心を引き締めた。

「鳶沢勝臣の初陣《ういじん》、勝ち戦《いくさ》で終わらせようぞ」

「必ずや」

主従は湯島天神の祭神菅原道真《みちざね》・天之《あまの》手力雄命《たぢからおのみこと》に、

「鳶沢一族の新たな幕開けの戦いの武運」

を願った。

信一郎の耳に、

「血に非《あら》ず」

と言い残した九代目総兵衛勝典の一語が木霊《こだま》した。

あとがき

何年前か、人間ドックを受診するために入院したとき、旧作『古着屋総兵衛影始末』十一巻を持参して、読み返した。時代小説に転じて十年余、自作を一気に纏《まと》めて読み返す機会も余裕もなく突っ走ってきた。私のシリーズの中では海外をも舞台にした異色作品だが、早書きのせいで不備もあった。なんとか今一度手を入れられないかという想《おも》いが実り、今回の『新・古着屋総兵衛』出版につながった。

旧作十一巻を校正しつつ新作を執筆する、私にとって新たな挑戦だった。

新シリーズは旧作第一部とは時代背景も百年余り下り、武家社会の破綻《はたん》が明白に見え始めた享和《きょうわ》期だ、同時に文化の爛熟《らんじゅく》期でもある。登場人物も当然代替わりした。だが、旧作の色合いは残している。旧作と新作がどのような関わりで展開し、ハーモニーを奏《かな》でるか。

新作一弾の『血に非《あら》ず』のタイトルは、やはり人間ドックの最中に思い付いた。

　内視鏡検査で大腸の検査を終わった後、検査用のベッドに起き上がった途端、意識を失った。すうっと闇《やみ》に落下していくような感覚が一瞬あって、無とも闇ともつかぬ世界に落ちた。

　人生で初めての体験だった。

　意識が戻ったとき、薄暗い世界があって、大勢の医者や看護師が私を眺め下ろしていた。おぼろな視力と暗い光が徐々に戻ってきた。

　検査医師がモニターの脈拍やら血圧をチェックしていたが、

「念のため病室にはストレッチャーで戻りましょうか」

　と言った。内視鏡検査くらいで意識を失った臆病《おくびょう》さに自分でも呆《あき》れたが、あの闇に、
　すとん
　と落ちる意識は貴重な体験だった。

　死とはこんな感覚なのだろうか。おそらく無明《むみょう》の闇が待ち受けているだけだろう。そこには時間も空間もむろん意識すら存在しない、そんな世界ではない

かと不信心の私は得心した。

ストレッチャーで病室に送られながら唐突に、

「血に非ず」

という言葉が浮かんだ。

今回、新作第一弾を書くにあたってこの突然閃《ひらめ》いた言葉をタイトルに選んだが、「血に非ず」は「新・古着屋総兵衛」を通してのメインテーマになるような予感を持っている。

読者諸氏、新作と旧作のご愛読をお願い申し上げます。

平成二十二年十一月六日　熱海オリーヴ荘にて識《しる》す。

佐伯泰英

本書は新潮文庫のために書き下ろされた。

池波正太郎著

忍者丹波大介

関ケ原の合戦で徳川方が勝利し時代の波の中で失われていく忍者の世界の信義……一匹狼となり暗躍する丹波大介の凄絶な死闘を描く。

池波正太郎著

男（おとこぶり）振

主君の嗣子に奇病を侮蔑された源太郎は乱暴を働くが、別人の小太郎として生きることを許される。数奇な運命をユーモラスに描く。

隆慶一郎著

鬼麿斬人剣

名刀工だった亡き師が心ならずも世に遺した数打ちの駄刀を捜し出し、折り捨てる旅に出た巨軀の野人・鬼麿の必殺の斬人剣八番勝負。

隆慶一郎著

一夢庵《いちむあん》風流記

戦国末期、天下の傾奇者《かぶきもの》として知られる男がいた！　自由を愛する男の奔放苛烈な生き様を、合戦・決闘・色恋交えて描く時代長編。

宮部みゆき著

幻色江戸ごよみ

江戸の市井を生きる人びとの哀歓と、巷の怪異を四季の移り変わりと共にたどる。〝時代小説作家〟宮部みゆきが新境地を開いた12編。

宮部みゆき著

初ものがたり

鰹、白魚、柿、桜……。江戸の四季を彩る「初もの」がらみの謎また謎。さあ事件だ、われらが茂七親分――。連作時代ミステリー。

柴田錬三郎著

眠狂四郎独歩行（上・下）

幕府転覆をはかる風魔一族と、幕府方の隠密黒指党との対決――壮絶、凄惨な死闘の渦中にあって、ますます冴える無敵の円月殺法！

柴田錬三郎著

剣　鬼

剣聖たちの陰にひしめく無名の剣士たち――彼等が師を捨て、流派を捨て、人間の情愛をも捨てて求めた剣の奥義とその執念を描く。

遠藤周作著

王国への道
―山田長政―

シャム（タイ）の古都で暗躍した山田長政と、切支丹の冒険家・ペドロ岐部――二人の生き方を通して、日本人とは何かを探る長編。

遠藤周作著

侍
野間文芸賞受賞

藩主の命を受け、海を渡った遣欧使節「侍」。政治の渦に巻きこまれ、歴史の闇に消えていった男の生を通して人生と信仰の意味を問う。

井上靖著

敦（とんこう）煌
毎日芸術賞受賞

無数の宝典をその砂中に秘した辺境の要衝の町敦煌――西域に惹かれた一人の若者のあとを追いながら、中国の秘史を綴る歴史大作。

井上靖著

風林火山

知略縦横の軍師として信玄に仕える山本勘助が、秘かに慕う信玄の側室由布姫。風林火山の旗のもと、川中島の合戦は目前に迫る……。

新潮文庫最新刊

「特選小説」編集部編
七つの濡れた囁き
快楽の奴隷と化した男と女は、愛欲のアリジゴクへと堕ちていく——。七編を収録する傑作官能アンソロジー。文庫オリジナル。

髙山正之著
変見自在 サダム・フセインは偉かった
中国、アメリカ、朝日新聞——。巷にはびこるまやかしの「正義」を一刀両断。週刊新潮の大人気超辛口コラム、待望の文庫化。

吉行和子著
老嬢は今日も上機嫌
芸術家一家に育った、女優であり俳人の吉行和子。家族、友人、仕事、旅、本等々を、その豊かな感性で綴る、滋味あふれるエッセイ。

西川治著
世界ぐるっと肉食紀行
NYのステーキ、イタリアのジビエ、モンゴルの捌きたての羊肉……世界各地で様々な肉を食べてきた著者が写真満載で贈るエッセイ。

M・ブース
松本剛史訳
暗闇の蝶
蝶を描く画家——だが、その正体は闇の世界からの罪人。イタリアの小さな町に潜む男に魔手が迫る。悲哀に満ちた美しきミステリ。

J・アーチャー
戸田裕之訳
遥かなる未踏峰（上・下）
いまも多くの謎に包まれた悲劇の登山家マロリーの最期。エヴェレスト登頂は成功したのか？　稀代の英雄の生涯、冒険小説の傑作。

血《ち》に非《あら》ず

新・古着屋総兵衛 第一巻

新潮文庫　さ－73－12

平成二十三年二月一日発行

著者　佐《さ》伯《えき》泰《やす》英《ひで》

発行者　佐藤隆信

発行所　株式会社新潮社

郵便番号　一六二―八七一一
東京都新宿区矢来町七一
電話　編集部(〇三)三二六六―五四四〇
　　　読者係(〇三)三二六六―五一一一
http://www.shinchosha.co.jp

価格はカバーに表示してあります。

乱丁・落丁本は、ご面倒ですが小社読者係宛ご送付ください。送料小社負担にてお取替えいたします。

印刷・株式会社光邦　製本・憲専堂製本株式会社

ISBN978-4-10-138046-9 C0193